怪物大師
MONSTER MASTER
命運編織者的謊言
「雷歐幻像」作品
LEON IMAGE WORKS
中華教育

怪物大師人物介紹

CHARACTERS INTRODUCTION

A STORY ABOUT LOVE AND DREAMS

布布路

關鍵詞：
單細胞動物、樂觀、熱血

從小與守墓人爺爺一起生活在墓地，因為父親的各種負面傳言，一直受到村裏人排擠，但布布路從不自卑，內心深處相信自己的父親是一位了不起的人物。為了實現自己的夢想以及尋找失蹤父親的消息，他毅然離開家鄉，前往摩爾本十字基地，參加怪物大師預備生的試煉。

賽琳娜

關鍵詞：
大姐頭、敏捷、愛財

出生於商人世家的大小姐，卻一點都沒有大小姐的架子，與布布路一樣來自「影王村」，個性豪爽，有點驕傲，對待布布路一視同仁，從不排擠他，只因為她更在乎的是推廣家裏的生意。賽琳娜的目標是收集世界上所有類型的元素石，並熟練掌握這些元素石的運用。

帝奇·雷頓

關鍵詞：
豆丁、酷、毒舌

臉上總是掛着陰沉表情的瘦小男生。帝奇的存在感薄弱，不注意看的話就找不到人了，但是他身邊跟着一隻非常招搖拉風的怪物——成年版的「巴巴里金獅」。對於是非的判斷他有自己的準則，不太相信別人，性格很「獨」。

餃子

關鍵詞：
狐狸面具、神祕、圓滑

在去往摩爾本十字基地的路上，勾搭認識上布布路，戴着狐狸面具，看不出喜怒哀樂，從聲音來聽，似乎總是笑嘻嘻的，高調宣揚自己身無分文，賴着布布路騙吃騙喝，在招生會期間對布布路諸多照應。

MONSTER MASTER

冒險、正義、財富、祕寶、名譽……

富有志向的人們啊，

用心發出聲音吧，

召喚那來自時空盡頭的怪物，

賭上所有的「夢想」、「勇氣」、「自尊」，甚至「性命」，

向着成為藍星上最傳奇的——怪物大師之路前進吧！

——《怪物大師》題記

MONSTER MASTER

【目錄】CONTENTS

《命運編織者的謊言》

Especially written for kids aged 9—16（專為9-16歲兒童製作）

- 【扉頁彩圖】ART OF MONSTER MASTER
- 人物介紹：布布路／賽琳娜／帝奇／餃子

MONSTER MASTER 「怪物大師」無盡的冒險

Lies from the fate Predictor

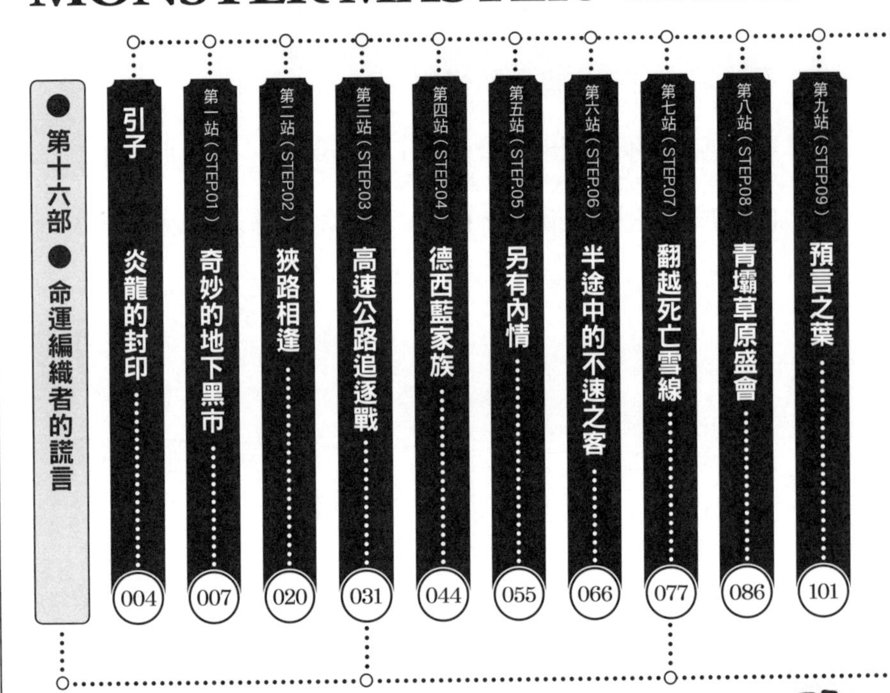

第十六部 命運編織者的謊言

怪物大師最愛珍藏

SECRET GAME

MONSTER WARCRAFT
隨書附贈「怪物對戰牌」

穿透文字的「堅強」與「感動」！

DREAM ADVENTURE COURAGE FRIENDSHIP

夢想＋冒險＋勇氣＋友誼

「怪物」與「人類」、「勇氣」與「挫折」、「信仰」與「背叛」、「戰鬥」與「思考」……是心靈的冒險，還是意志的考驗？
請與本書的主人公一同開啟奇幻之門，一起去追尋人生中最珍貴的夢想吧！

把世界的謎團串起來！
MELODIES OF LIFE

這裏是獨一無二的腦細胞幻想地帶，孩子們其樂無窮的樂園。
每部一個練膽故事，它們以神祕莫測的魔力，俘虜着人們的好奇心。
有人說，唯一的抵抗方法，就是閱讀——
請翻開這本書吧，讓人心動的世界正在向你招手……

愛與夢想的「新世界冒險奇談」！

引子

炎龍的封印

MONSTER MASTER 16

在藍星上，有一片被稱為藍星屋脊的雪域高原。

皚皚雪域，千里冰封，萬里雪飄。因為高寒和缺氧，沒有任何物種能在這片高原上生存，雪山上遍佈深不見底的裂縫和深淵，除了勇敢的冒險者和經驗豐富的登山者，沒有人膽敢向這片肅殺的雪山發起挑戰。

千年前的某一天，藍星屋脊空寂的上空，突然被一道紅色的巨影覆蓋，紅色的巨影扇動着火紅色的巨大翅膀，激蕩而出的氣流將山頂的極冷空氣瞬間蒸騰得微微發燙。

一個低沉而蒼勁有力的聲音從巨翅上方飄下來：「炎龍，

就是這裏，藍星的極寒之地，世界的屋脊！」

「終於到了。」炎龍緩緩收起龐大的羽翼，緩緩降落到雪山腳下。一個高大強壯的男人從炎龍的背上翻下，他正是赫赫有名的十影王之一——焰角·羅倫。

焰角·羅倫緩緩地抬起右手，他的掌心上躺着一顆光華璀璨的暗紫晶石。那晶石如巖漿般持續釋放着炙人的熱量，若不是焰角·羅倫戴着用炎龍尾部蛻下的細小鱗片製成的手套，他的右手怕是早就被焚肉蝕骨，化作焦炭了。

「用極寒剋制極熱，這裏就是封印『晨昏之露』的絕佳之地！」炎龍在焰角·羅倫身後舒展着身軀，它那渾厚低沉的聲音彷彿隨時可能引發大規模的雪崩。

「不……我不要被封印……」那晶石的亮度瞬間提升了好幾個級別，那光芒如同洪流般湧動，不斷擴張、蔓延……伴隨而來的是一股可怕的力量，那是一瞬間就能將焰角·羅倫的手臂震斷的強大衝擊力！

幸好炎龍及時伸出龍爪，將紫晶石牢牢按壓在地上。

焰角·羅倫皺了皺眉，憂心忡忡地說：「始祖怪之間的戰鬥雖然都已結束，但它們遺落在藍星的元素卻開始蠢蠢欲動。這顆『晨昏之露』中包含了土元素始祖怪蓋亞的一滴眼淚……沒想到，它這麼快就擁有了自己的獨立意識。如果再晚一點，它就會變成危害藍星的可怕生物……」

「那就速速將它封印。」炎龍不以為意地撥弄了一下晶石，就如同它只是一個玩具。

晶石的光芒閃了閃，一個咬牙切齒的聲音傳了出來：「炎龍啊炎龍，你明明是我的同胞，今日卻聯合人類將我封印，待我重見天日，必會百倍報復於你……」

「等你有本事逃出來再說吧。」炎龍淡淡地說完，巨爪開始發力，紫晶石頓時感受到一種前所未有的沉重感，就像是整個宇宙的力量都向它的身軀壓下來。

「嗷嗚——」紫晶石中的嗚咽聲越來越小，越來越微弱，終於完全消失了。

炎龍將「晨昏之露」一寸寸地推送到雪山腹中，深深掩埋在藍星屋脊的腳下。雪山發出了前所未有的轟鳴，彷彿毀天滅地般的巨大雪崩即將發生。

許久，轟鳴聲減弱，極寒的冰雪最終制衡住了紫晶石內蘊含的無與倫比的炙熱。只是在極寒與極熱的相互作用下，雪山頂盤旋的冷空氣被不斷擠壓和扭曲，化成了無數鋒利的死亡之刃，它們在雪山上飛速遊走，將一切障礙物切割成碎片。

藍星屋脊徹底成為無人能靠近的死亡之地。

焰角．羅倫站在雪山腳下，長長吐出一口氣。他還不能馬上去休息，他必須去告誡山腳下的部落，從此以後，不論是多麼高明的探險家和登山者，都絕對不能再踏足藍星屋脊！

然而，焰角．羅倫不會想到，他精心打造的封印，終究會被無知的人類打破……

新世界冒險奇談

第一站 STEP.01

奇妙的地下黑市
MONSTER MASTER 16

被中斷的牌局

黃梅時節，天空被層層破爛棉絮般的烏雲籠罩着，淅淅瀝瀝的雨從早到晚下個不停，到處都濕漉漉、黏糊糊的，彷佛一用力就能擰出水來。

摩爾本十字基地的一切戶外教學活動都暫停了，預備生們只能百無聊賴地待在宿舍裏，跟着返潮的床、桌、書、椅一起發黴。

宿舍的方桌前，布布路和他的夥伴們正凝神盯着一堆紙牌。

這是金貝克導師發明的「怪物大師戰術牌」，每一張紙牌上都寫有不同的怪物技能、氣候和地理等名詞。參戰的預備生們分成互相敵對的兩組，每組隊員利用隨機抓來的三張紙牌進行戰術配合，與敵方對戰。每一回合所有隊員從手中的三張牌中選出一張，相加的戰鬥力總和若能勝過對方，即為獲勝。

這副紙牌的玩法看起來簡單，實則暗藏玄機，因為即便是一張戰鬥力極低的紙牌，只要隊友能用合適的紙牌加以輔助，也能爆發出意想不到的戰鬥力。比如，普通的火元素攻擊，若加上「大風」的自然牌，攻擊範圍就會擴大。若再配上一張「藤針出擊」，技能則會進一步升級成「千針火雨」。若再加上一張「油田」的地理牌，攻擊強度就會呈幾何級數增強……不過，在整個「戰鬥」過程中，隊友間不能交流，只能靠默契出牌。

「怪物大師戰術牌」不僅能訓練預備生隨機應變的能力，更能提高大家合作戰鬥的戰術水準。更重要的是……基地裏每季度都會舉辦一次「怪物大師戰術牌大賽」，冠軍獎品是令人垂涎欲滴的十個學分。

可惜上次的冠軍被精英隊奪走，因此吊車尾小隊的四人一有時間就在宿舍裏練習「怪物大師戰術牌」，思考如何在下一次比賽中衝擊冠軍。怎奈隊伍中混進了布布路這顆老鼠屎，不管賽琳娜、餃子和帝奇如何絞盡腦汁，布布路總是會出人意料地打出一張爛牌，把精心設計的戰局攪得一團糟。

此刻，桌面上打出了三張牌：賽琳娜打出的是一張「水柱攻擊」的技能牌，餃子追加了一張「粉塵攻擊」，帝奇用的則是「極寒」的氣候牌。三人的出牌合在一起，形成了「冰水泥柱」的疊加技，布布路用水、土、氣流三種元素的任意紙牌，都能起到加分的效果。

感受到隊友們期待的眼神，布布路深吸一口氣，鄭重地抽出一張牌，可還沒等賽琳娜三人看清那是一張甚麼牌，一聲亢奮的怪叫響起 ——

「布魯！」四不像如一道閃電般從布布路身後的棺材上躥了出去，布布路手裏的紙牌和宿舍門被先後撞飛。

「四不像，你去哪兒啊 ——」淩亂的腳步聲伴隨拖長的尾音，餃子等三人眼看着布布路彈跳而起，轉眼消失在走廊盡頭。

餃子等三人無語地對望了片刻，無奈地站起身，出發去找兩個搗蛋鬼。

布布路和四不像藏在花圃中，對三人招招手，指着基地後門的方向，悄聲說：「你們看 ——」

朦朧的雨幕中，一個熟悉的瘦高身影，正背着一個高高隆起的大包袱，鬼鬼祟祟地往外溜。

「那不是金貝克導師嗎？」賽琳娜詫異地看着那個瘦麻稈兒背影，「這種鬼天氣，他要去哪兒？」

「布魯！」四不像目光炙熱地盯着金貝克導師背後的巨大包袱，嘴角流出一道黏糊糊的口水，齜牙咧嘴地就要往上撲。

嗖嗖！帝奇眼疾手快地彈出蛛絲，三下五除二就把四不像捆成個粽子，丟進布布路懷裏，冷冷地說：「別讓你的怪物礙事。」

四不像被關進棺材裏後，棺材開始暴躁地晃動，布布路只好小聲安撫說：「四不像，你乖乖的，待會兒甜點、烤肉、鮮果……全都給你雙倍！」

棺材裏這才安靜下來，布布路鬆了口氣。

「金貝克導師背上的那個包袱很大，不知道裏面裝的是甚麼。」狐狸面具下，餃子的眼睛狡黠地轉動着，他老謀深算地說，「反正咱們閒着沒事兒幹，不如跟着金貝克導師出去轉轉，也許能幫上忙。萬一他高興，說不定會把戰術牌的祕笈送給我們……」

祕笈？！布布路的眼睛閃閃發亮。聽說金貝克導師編寫了一本《怪物大師戰術牌必勝祕笈》，得到祕笈的人能掌握牌局的必勝技巧。

想到冠軍那閃亮的十個學分，幾個預備生不禁摩拳擦掌，當即決定要跟蹤金貝克導師，看他究竟要去做甚麼。

失敗的跟蹤行動

牛毛般的細雨中，水精靈製造出一團透明的水球，將四個預備生包裹起來，大家悄無聲息地跟在金貝克身後。

薄薄的水膜既能遮雨，也隔離了布布路他們的氣息。金貝克完全沒發現自己被跟蹤，行色匆匆地在北之黎的大街小巷繞來繞去⋯⋯

漸漸地，布布路他們發現四周的環境越來越奇怪。原本筆直交錯的馬路全都被密集搭建的一座座棚屋佔滿了，這些棚屋高低錯落，層層疊疊，一座緊挨着一座，彼此之間沒有縫隙，連光線也無法照射進來。走在這樣一大片密集陰暗的棚屋區中，布布路他們只覺得暈頭轉向，方向感全無。金貝克卻靈活穿梭在這些棚屋間，顯然對這裏的地形十分熟悉。

最讓布布路他們覺得納悶的是，他們跟着金貝克穿過這家的客廳，又溜過那家的卧室，可居住在棚屋裏的人竟無動於衷，連眼皮都沒翻一下，好像已經對此習以為常。

「這是甚麼地方啊？」賽琳娜惴惴不安地低聲問道。在她的認知裏，家是私密的，人們也許會招待陌生人，但絕不會讓陌生人堂而皇之地把自己家當通道。

三個男生也是一臉迷茫。

「這位小哥，」布布路的衣袖突然被一個矮小的老婆婆拽住，老婆婆門牙漏風，聲音嘶啞而乾癟，連珠炮發似的說，「你背後的棺材是不是很重呀？嘖嘖，你肩膀的衣服都磨破了！我這裏有款外套特別適合你，它用魔靈獸蛻下的皮縫製而成，不僅格外耐磨，還防水防火，簡直是背棺材少年居家旅行的必備良衣！你放心，我賣的衣服價格絕對公道，只要八萬八千八百八十八盧克哦！」

「噢噢，好貴！」布布路尷尬地拒絕，「我可沒有那麼多錢，您還是賣給別人吧！」

「你能出得起多少錢？開個價嘛，小哥！」老婆婆的手就像鷹爪似的鈎住布布路的衣袖，死活不撒手。

布布路的頭像撥浪鼓一樣亂搖，想尋求同伴們的幫助，可這時，一羣穿着打扮風格迥異的人不知從哪兒擠了出來，像蒼蠅般圍住賽琳娜三人，七嘴八舌地推銷起來：

「這位長辮子小哥，你平時一定深受頭皮屑、髮尾分叉和髮質乾枯的困擾吧？說不定還有油脂分泌過剩的問題。來一瓶用海因里希的眼淚製成的『鎖水洗髮護髮組合』吧！」

「這位金髮美少女，買一把搓甲刀吧，這搓甲刀可是用炎龍的鱗甲打造的！」

「來一本十影王沙迦的絕版手稿吧！甚麼？沒興趣？這個您一定有興趣，噹噹噹噹，用從『尤加特拉希』生命樹中提取的生長精華調製而成，全世界僅此一瓶的『一夜增高水』！哇，這位小哥怎麼動手打人?」

吊車尾小隊被這些人團團圍住，怎麼也脫不開身，不禁焦頭爛額，腦門兒冒煙。

就在四人身心俱疲的時候，幾道黑水從天而降，那黑水又腥又臭，逼得強制推銷的人羣一哄而散。

布布路四人也從頭到腳被臭烘烘的黑水淋了個透心涼，大家心虛地相互看看，這黑水是金貝克導師的怪物——大紅武章的「傑作」，也就是說，他們的跟蹤行動暴露了！

「你們這些吊車尾真是膽大包天，竟敢跟蹤我！」金貝克導師氣沖沖地跳出來興師問罪，「說，你們想要幹甚麼?」

「金貝克導師，您誤會了！」餃子趕緊嘴甜地解釋，「我們是擔心您在這種風大雨大的天氣裏遇到麻煩，所以才跟過來幫忙的……」

「少甜言蜜語耍嘴皮子，我又不是第一天認識你們四個！」金貝克打斷餃子，「你們一定是想趁機抓我的把柄！趕緊哪兒來的回哪兒去，不然別怪我扣你們學分！」

對此，帝奇不客氣地還嘴：「如果我沒記錯的話，評估我們本學期學分的是雙子導師，你有甚麼權力扣我們的學分?」

「你們……你們這些不知好歹的賤民，」金貝克臉紅脖子粗地咆哮，「我是為了你們好，這裏是深不可測的『鬼市』，不是你們這羣涉世未深的臭小鬼能來的地方！」

「鬼市？」餃子眼前一亮，難掩驚喜地東張西望道，「原來這裏就是北之黎大名鼎鼎的鬼市，哈，我早就想來這裏看看了！」

「鬼市？這裏是鬧鬼的地方嗎？」布布路滿頭問號。

賽琳娜扯着嘴角，無奈地解釋道：「鬼市是在琉方大陸排

名第一的地下黑市。這裏流通的貨品全都來歷不明，價值不菲，一般買家根本找不到進來的門路。更可怕的是，鬼市裏魚龍混雜，稍不留神就會被騙得血本無歸，連小命都有可能保不住！因此敢來鬼市交易的人，要麼是膽大的豪賭之徒，要麼是經驗老到的行家。」

布布路瞠目結舌。噢噢噢，原來他們來到了一個這麼了不得的地方啊！

發生在眼皮底下的綁架案

破舊的棚屋裏，金貝克導師雙眼冒火地對着吊車尾小隊下達驅逐令：「去去去，既然你們已經知道鬼市的名堂，就別廢話了，馬上回去！」

餃子不退反進，滿臉堆笑地湊上去低語道：「金貝克導師，我看您一個人背着這麼大的包袱，跑到鬼市來做甚麼呢？」

「關你甚麼事？我——」被戳中隱私，金貝克暴跳如雷，叉着腰正要破口大罵，可話還沒出口，整個人突然嗖的一聲憑空消失了。

對，憑空消失！大家眼睛都沒眨，眾目睽睽之下，金貝克突然不見了。

布布路大驚失色，金貝克導師去哪兒了？他滿屋子翻找，可到處都找不到金貝克的人影。

「我的天，這是怎麼回事？」賽琳娜難以置信地揉了揉眼睛。

「幼稚。」帝奇黑着臉，認為這不過是金貝克導師為了擺脫他們而使用的障眼法。

餃子最初也這麼認為，但大紅武章還在這兒，並且這會兒難受地呻吟起來，續而吐出一攤攤惡臭的黑水，熏得布布路他們不得不捏起鼻子。

「噦……」餃子只覺一陣反胃，警覺地說，「大紅武章雖然容易神經衰弱，但沒碰上糟糕的事它不會表現得如此不安，莫非金貝克導師不是在跟我們開玩笑，而是……真的遇到了危險?」

餃子話音未落，一個冷冰冰的聲音傳入大伙兒耳中：「如果你們想要救這個聒噪的瘦麻稈兒，就拿你們身上的一件東西來交換!」

「聲音是從那邊發出來的!」布布路一下子判斷出聲源，噌地躥向隔壁的棚屋。

餃子三人急忙跟上，帝奇用一根蛛絲拽上了癱軟成一團的大紅武章。

隔壁的棚屋顯然被廢棄了很久，光線昏暗。地面上落着一層厚厚的灰塵，一張破爛的木桌橫陳在棚屋中央，桌子下面散落着一些破碎的鏡片，除此之外，棚屋裏甚麼都沒有。

「這屋子一目了然，如果有人在裏面，我們不會看不見。」賽琳娜困惑地說。

「鬼市神祕莫測，要警惕有人使詐!」帝奇提醒大家。

「你是甚麼人?」布布路可想不了那麼多，着急地對着空氣大喊，「你要我們拿甚麼東西換回金貝克導師?」

「好，我就喜歡你這樣的痛快人!」那聲音又響起了，尖尖細細的，是個女人的聲音。

「我看中了你身上那塊金盾，怎麼樣?你願不願意交換?」

布布路覺得那聲音有些耳熟，卻又想不起在哪兒聽過，他摸了摸放在貼身口袋裏的金盾，難道綁架金貝克的人認識自己?

賽琳娜三人也疑竇叢生，餃子壓低聲音說：「看來對方是有備而來，目標一開始就是金盾。我們不如將計就計，以金盾為餌，把躲在暗處的敵人引出來！」

「我們願意用金盾交換金貝克導師！」賽琳娜向前邁出一步，抬高音量道，「不過我們要先確認金貝克導師的安全！」

對方沒吱聲，但不一會兒，屋子裏傳來了金貝克的聲音：「算你們這些吊車尾有良心，但我堂堂精英隊導師，威武不能屈……」

金貝克導師話還沒說完，喉嚨裏就發出一聲悶哼，不知是被人捂住了嘴巴，還是被直接敲暈了。

帝奇無奈地翻了個白眼。這麼重要的時刻，金貝克不趁機說點線索，反而還在教訓他們。沒辦法，他們只能靠自己了。

「該怎樣把金盾交給你？」餃子鎮定地對着空氣發問。

「你們把金盾放在桌子上，然後轉身離開屋子！」對方冷冷地答道。

在大姐頭的示意下，布布路乖乖地掏出金盾，擺放在棚屋中央的桌子上，然後四個人慢慢退了出去。

大伙兒轉身正要跨出屋子，從身後傳來咚的一聲悶響，一個人從空中摔下來，腐朽的木桌子稀哩嘩啦被砸得粉碎，那個五花大綁，嘴巴上還貼着膠布的人，正是金貝克。

金貝克背後的大包袱被洗劫一空，桌上的金盾也不翼而飛了。

這間棚屋四面無窗，門也只有一扇，金貝克導師是從哪兒掉下來的？金盾又是從哪兒被取走的呢？

布布路滿頭霧水，他身邊的帝奇卻露出胸有成竹的微笑。

在大紅武章的幫助下，金貝克掙脫繩索，撕掉了嘴上的膠布，正要破口大罵，眼前突然閃過一道銀光，伴隨着「哎喲哎喲」兩聲慘叫，兩個人影驀地出現，重重壓在金貝克身上。

「你……你們……」金貝克被壓得眼冒金星，眼前彷彿有幾根銀線晃來晃去。他用力地睜了睜眼，發現那並不是幻覺，在昏暗的光線裏閃爍的是帝奇獨有的武器——蛛絲。

原來帝奇事先在金盾上綁了蛛絲，當金盾消失後，帝奇指尖用力一扯，居然從空氣中扯出了一男一女，那女人的手裏還緊握着布布路的金盾。

看清這一男一女的臉後，布布路和餃子都呆住了：這兩個人好面熟！

新世界冒險奇談

第二站 STEP.02

狹路相逢

MONSTER MASTER 16

鬼市的首席「掌眼」

「芬妮，約翰！」布布路驚喜得連蹦帶跳，「太巧了，沒想到會在這裏見到你們！」

約翰也熱情地拉住布布路的手，吃驚地說：「布布路，你看起來比以前更強壯了！」

布布路和約翰愉快地手拉手轉起圈兒來，相較之下，另一邊芬妮和餃子之間的氣氛就不那麼和諧了。

「嘿嘿，好久不見啊。」芬妮不動聲色地收起金盾，訕訕地對餃子說。

「呵呵，別來無恙。」餃子面具下的狐狸眼中嗖嗖燃起小火苗。

賽琳娜和帝奇心領神會地對視一眼，他們早就聽說過約翰和芬妮兄妹的大名了。當年在來參加摩爾本十字基地招生考的龍蚯上，若不是餃子「出手相助」，布布路的金盾早就落入這對騙子之手了（詳見《怪物大師·穿越時空的怪物果實》），沒想到過去這麼長時間，他們還對金盾念念不忘。

「可惡！」金貝克指着約翰和芬妮叫道，「你們這兩個小偷、綁架犯！我的包袱裏都是我辛辛苦苦從世界各地搜集來的寶貝，快還給我，否則我就把你們送進『錮魔城』（詳見《怪物大師·來自地底的至尊魔器》），讓你們受到最嚴厲的制裁！」

金貝克導師果然是來黑市販賣寶貝的，四個預備生露出「恍然大悟」的表情，正打算幫腔，棚屋的大門外陣陣腳步聲紛至遝來，那羣曾纏着布布路他們強行推銷的人又折回來了。只是這次他們的數量更為龐大，手裏還操着五花八門的兵器，一個個怒目圓睜，像看仇人一樣盯着他們，憤怒地大叫：

「放肆，甚麼人在黑市裏搗亂？」

「竟敢冒犯我們的掌眼？」

掌眼？他們在說甚麼？布布路他們傻眼了，不明白為何引來這麼大的陣仗。

「咳咳，大家別誤會！」約翰抬手出聲了，「他們沒有冒犯我和芬妮，我們只是在友好洽談，呵呵……」

約翰的話讓周圍霎時間安靜下來，布布路見縫插針地發問：「你們說的掌眼是甚麼意思啊？」

「連掌眼都不知道，還敢來鬼市，你這小鬼還真膽大啊！」之前向布布路推銷衣服的老婆婆嗞嗞笑着，用破風箱般的嗓子說，「在鬼市裏，只有最具鑒寶和淘寶能力的人，才能被尊稱為掌眼！而這兩位不僅具有精準的鑒寶能力，更從外面淘回了許多價值連城的稀世珍寶。這兩年鬼市之所以能興旺繁榮，都是他們的功勞，他們是鬼市裏當之無愧的首席掌眼。」

老婆婆面露自豪地介紹着，她身邊一眾打扮各異的人也都對芬妮和約翰目露崇敬。

芬妮和約翰在鬼市的地位竟然這麼高！餃子難以置信，下巴都快掉到地上了。

見過大世面的帝奇對此不以為然，諷刺道：「在欣賞他們倆的鑒寶能力之餘，你們難道沒想過他們是用甚麼手段『淘』回那些寶貝的嗎？」

「靠坑蒙拐騙為生的人，還被奉為掌眼，太離譜了。」賽琳娜也打抱不平。

遺憾的是，帝奇和賽琳娜的話並沒有收穫一絲認同，鬼市的人們反而都用「這是哪兒來的一羣傻孩子」的同情目光看着布布路他們。

德西藍家族的後代

「鬼市的人不問來歷，鬼市的東西不問出處，」金貝克突然出聲了，他緊繃着臉，看起來格外警惕，「你們連鬼市的規矩都不懂，趕緊回基地去，少在這兒給我丟人現眼！」

金貝克一反常態地內斂起來，看來似乎很熟悉鬼市的規矩。他扭頭看向約翰和芬妮：「雖說我多年不涉足鬼市，但我好歹出生在鬼市！看在你們是首席掌眼的分兒上，我就不深究了，趕緊把包袱還給我……」

「還有布布路的金盾！」賽琳娜補充道。

「不知道你們在說甚麼！」芬妮裝聾作啞起來，一副死不認帳的嘴臉。

「芬妮不知道，我就不知道。」約翰也裝傻。

鬼市是約翰和芬妮的地盤，又有一大羣幫兇，顯然有理也說不清。幾個預備生對視一眼，默默地思考起對策。

只有布布路不依不饒地追問：「在我的印象裏，你們兩個是熱情又善良的好人，怎麼會綁架金貝克導師，還搶走他的包袱，又向我索取金盾呢？你們是不是有甚麼難處？如果你們告訴我，我一定會盡力幫助你們渡過難關的！」

餃子三人頭疼無比，太陽穴突突跳動。他們剛才說了那麼多，布布路這個笨蛋竟然一句也沒聽進去！

金貝克導師也對布布路的粗神經佩服得五體投地，心想，不愧是吊車尾小隊的靈魂人物，看來智商被他的蠢怪物給吃了。

「布布路，你這麼相信我們，我太感動了！」芬妮一把抓住布布路的手，面露難色地說，「我本來不想告訴你的，我和約翰之所以這麼做，都是為了你好！因為是你我才把我最大的祕密告訴你——其實我能看到未來。我看到，如果金盾和包袱繼續留在你和這位導師身邊，你們兩個將會遭遇大大的不幸啊！」

芬妮說話的時候手舞足蹈，聲情並茂，除了布布路，其他幾人都對這略顯浮誇的演技嗤之以鼻。

「你能看到未來？」帝奇聽不下去了，嘲諷道，「你以為你是命運編織者嗎？」

「你怎麼知道？」約翰一本正經地介紹道，「芬妮是德西藍家族的後人，她能看到我們每個人的命運絲線的走向！」

「甚麼西蘭花家族？」布布路歪着頭，好奇地問。

「噗——」

「啊哈哈哈哈！」

布布路還在納悶，餃子等三人卻忍不住捧腹大笑起來。

藍星上的人相信，每一個人活在世界上，都受到一根無形絲線的牽引。這根絲線決定着人們的命運，絲線的變化，將直接導致命運的改變。世界上只有極少數的人能看見命運的絲線，這些人被稱為「命運編織者」。

布布路他們曾經在卡加蘭接觸過一位「命運編織者」（詳見《怪物大師．危險的藍鬍子戰士國》），所以對這個詞並不陌生。不過和卡加蘭的大祭司不同，德西藍家族在整個藍星都可謂大名鼎鼎。

迎上布布路無知的目光，餃子習慣性地開始解釋：「德西藍家族是藍星上排名第一的命運編織者家族，在各種國際糾紛中，都有他們一族的身影。不過，德西藍家族只為位於金字塔頂端的皇族和貴族服務，一般老百姓可沒機會接觸到他們。再加上他們行事低調，深居簡出，從不公開露面，對於一般老百姓來說，德西藍家族簡直比天上的星星還遙遠。」

餃子頓了頓，揶揄道：「如果我們面前的芬妮是德西藍家族的後人，那我們現在就是在見證奇跡！」

餃子的意思很明顯，像芬妮這種卑鄙的小偷、騙子、綁匪，絕不可能和德西藍家族有一絲一毫的關係，可這話在布布路聽來就截然不同了。

「噢，想不到芬妮是這麼了不起的人啊！」布布路讚歎地咂着嘴，「雖然我不是很喜歡卡加蘭的祭司爺爺，因為他的占卜使得貝兒被父母拋棄，不過我相信芬妮你是好人，你是擔心我和金貝克導師的安危才拿走了我們的東西，謝謝！」

在布布路的感染下，鬼市裏的人看向芬妮的目光更加崇敬了。餃子等三人和金貝克徹底喪失語言能力，此刻他們只想和布布路劃清界限。

傳說中的藍羽軍

在布布路真誠而又熱烈的注視下，臉皮厚過城牆的芬妮也不禁臉紅了。

「咳咳！」約翰硬着頭皮走上來，擋在布布路和芬妮中央，結束了這場尷尬的對視。

誰也沒想到，出人意料的事情發生了——

一隊士兵氣勢洶洶地擁進布布路他們所在的棚屋，這些士兵全都穿着統一的亮藍色制服，配備精良的武器裝備，個個身強體健，目光淩厲。他們一來，棚屋裏的氣温彷佛瞬間驟降了好幾度。

「我的天啊，這不會是傳說中的『藍羽軍』吧？」金貝克壓低公鴨嗓，下意識地往後退。

聽到「藍羽軍」三個字，所有人都倒吸一口涼氣。

「藍羽軍是甚麼？」只有布布路對危險渾然不覺。

「藍羽軍是德西藍家族的獨立部隊，他們身上的制服是用『千藍鷹』的羽毛製成的，」賽琳娜的聲音壓得

比蚊子還小，她緊張得牙齒直打戰，「千藍鷹是一種傳說中的猛禽。它們渾身生長着紫綠色的羽毛，唯獨翅膀尖部的羽毛是豔麗的淺藍色，這正是它們最可怕的武器。這些羽毛上攜帶着致命的劇毒，只要是被千藍鷹的羽毛蘸過的水，人喝下三秒鐘後就會毒發身亡，無藥可救。」

「幸運的是，千藍鷹只生活在遍佈劇毒蛇蠍的深山老林裏，以蛇蠍、蜈蚣、蟾蜍等劇毒之物為食，通常築巢於數丈高的古樹上。古樹下方圓幾里寸草不生，因為千藍鷹的羽屑，甚至落下的污垢都足以毒死巢穴附近所有的活物。也就是說，藍羽軍穿的藍色制服都是劇毒羽衣。雖然不是鎧甲，卻勝過鎧甲，其毒性強到無人敢靠近，對手無不膽戰心驚……」

「噢噢噢，真厲害！」布布路聽得嘖嘖稱奇。

「可是為甚麼德西藍家族的獨立部隊會出現在這裏？」賽琳娜覺得事情似乎有些不對勁。

芬妮和約翰鬼鬼祟祟地往後退，打算趁機逃走。

「站住！」藍羽軍一擁而上，將芬妮團團圍起來，為首的藍

羽軍士兵像雕塑一樣面無表情，冷冷道，「芬妮小姐，我們代表德西藍家族的家主，邀請你到府上聊聊。」

沒想到藍羽軍的目標是芬妮，難道她冒充德西藍家族的人四處招搖撞騙被藍羽軍知道了？餃子猜度着。

見芬妮有難，鬼市擁出了更多的民眾，他們神情嚴峻，渾身緊繃，似乎隨時都準備衝上去拼命。

「等等，大家不要和藍羽軍起衝突。」芬妮心平氣和地安撫道，「既然是聊聊，應該沒甚麼危險，我和他們走一趟，去去就回。」

約翰和鬼市的民眾們都很聽芬妮的話，一個個握着拳頭，小心翼翼地退後。

藍羽軍從中間分出一條道，在芬妮走進去以後又迅速合攏了，芬妮的身影頓時被淹沒在一片藍色中，不見了蹤影。

「哼，這個騙子打着德西藍家族的旗號招搖撞騙，這下遭到報應了。之前綁架別人，現在反過來

被藍羽軍綁架了！」看着芬妮遠去的背影，餃子解恨地說。

「我總覺得德西藍家族不是想和芬妮『聊聊』那麼簡單。」布布路擔心地看向約翰，悄聲說，「我們不如偷偷跟上去看看吧，如果她遇到危險，我希望能救她！」

「布布路，你真是好人啊！」約翰感動得熱淚盈眶，兩人的雙手再度握到了一起。

帝奇和賽琳娜已經不想對布布路的榆木腦袋發表任何意見了，餃子卻擠眉弄眼地說：「這個約翰唯芬妮馬首是瞻，要想拿回布布路的金盾和金貝克老師的包袱，還得從芬妮下手，我們跟上去看看也好。」

事不宜遲，四個預備生對約翰使了個眼色後，便腳底抹油般在棚屋中間穿來繞去——追趕藍羽軍和芬妮而去，棚屋裏只剩下金貝克一個人氣急敗壞地直跳：「你們這些吊車尾的臭小鬼，趕緊給我滾回來！要是得罪了德西藍家族和藍羽軍，你們非得吃不了兜着走——」

這是成為怪物大師的必經之路!!!

MONSTER MASTER

尊敬的讀者：現在你跟隨布布路一起踏上了成為怪物大師的道路！向所有的困難發起挑戰吧！

【主角們的命運絲線，你能看到多少】

布布路是如何踏上怪物大師之路的？

A. 和大姐頭一起收到摩爾本十字基地的申請表
B. 外出時碰上餃子，被餃子邀請結伴前往摩爾本十字基地
C. 收到魔靈獸吐出的摩爾本十字基地最高級別申請表
D. 遇見怪物大師亞克，被他推薦加入摩爾本十字基地

答案在本頁底部，答對得 5 分，你答對了嗎？

■即時話題■

餃子：說起來，真沒想到金貝克導師居然出生在鬼市，不知道他小時候是甚麼模樣。

帝奇：應該和現在差別很大！

賽琳娜：豆丁小子，你為甚麼這麼說？

帝奇：金貝克現在一口一個賤民，滿滿的鄙視態度。這在鬼市可怎麼做生意啊？所以必然差別很大！

賽琳娜：也許就因為他個性有問題，才在鬼市混不下去！

餃子：大姐頭說得好有道理。

布布路：原來如此，金貝克導師是在鬼市混得不好，才去十字基地當導師的！

金貝克：夠了，你們這羣賤民閉嘴！你們根本不明白鬼市的規矩和祕密！我可是個有理想、有追求、有抱負的人，當年離開鬼市是為了追求夢想……（陷入回憶）

餃子：嘖嘖，看來金貝克導師的童年生活很有故事！但欲知詳情，還需要多多挖掘！

你對主角的命運絲線瞭解多少？程度深淺，一測便知。
測試答案就在第十六部的 235 頁，不要錯過喲！

新世界冒險奇談

第三站 STEP.03

高速公路追逐戰

MONSTER MASTER 16

威力強大的「汗血甲殼蟲」

嗖——

北之黎郊外的公路上，驀地劃過一道長尾彗星般的白光，仔細一瞧，原來是一支豪華的蚍蜉大奔車隊！

蚍蜉的外形像巨大的螞蟻，擁有不可思議的奔跑速度。不過蚍蜉性情暴烈，很難被馴服，所以蚍蜉大奔的造價也驚人，這樣一支拉風的蚍蜉大奔車隊，少說也要上千萬盧克。沒錯，這正是德西藍家族的獨立部隊——藍羽軍的車隊！

蚍蜉大奔車隊一閃而過，翻湧的揚塵中，晃晃悠悠地跟來一輛鏽跡斑斑的甲殼蟲。開車的賽琳娜吃了一嘴土，後排車座上東倒西歪地擠着布布路、帝奇、餃子和約翰。大伙兒頂着漫天沙土，奮力地追趕着急速遠去的蚍蜉大奔車隊。

餃子癱在後座上，暈乎乎地發牢騷：「鬼市的人太小氣了，我們可是去救他們的首席掌眼啊，居然只提供這麼一輛破車，哪輩子才能追上蚍蜉大奔啊？」

「你們可別小看這輛甲殼蟲，這是經過鬼市的工匠改造的『汗血甲殼蟲』，比平常的甲殼蟲大一倍。」約翰指着方向盤左側的紅色按鈕說，「只要按下這個按鈕，你們就知道汗血甲殼蟲的威力了！」

話音未落，蠢蠢欲動的布布路就出手了，將紅色按鈕用力按了下去。

嗡的一聲，甲殼蟲的鞘翅應聲張開，布布路他們齊齊驚歎。原來這鞘翅是經過改造的，平時以折疊的方式收着，一層又一層完全舒展開後，足足有數米長！

鞘翅內側還鑲嵌着一排排密集的淡綠色風石。當鞘翅全部張開後，這些風石同時發力，此起彼伏有規律地高頻轉動起來。

嗡——嗡——嗡——

在風石有節奏的推動下，鞘翅奮力揮動，甲殼蟲就如同離弦的箭般猛然彈射而出！

「啊啊啊——」強大的後坐力瞬間將布布路他們釘在座椅上，一動也不能動。公路兩旁的景色像流星般飛速閃過，耳畔只剩下呼嘯的風聲。

「哇！」賽琳娜緊握方向盤，興奮地高呼，「汗血甲殼蟲果然厲害，回頭我也要改造一下我的甲殼蟲！」

帝奇警惕地看看身旁的餃子。這一次餃子沒有嘔吐，直接昏過去了。

很快，公路前方出現了蚍蜉大奔車隊的影子，賽琳娜狂踩油門，一路飛奔追上了隊伍末尾的那隻蚍蜉大奔。

那隻蚍蜉大奔上的藍羽軍也發現了追蹤者，蚍蜉驀地張開巨大的口器，發出一聲淒厲而綿長的警示嘶鳴。

一瞬間，所有的蚍蜉齊齊發力提速，轉眼間把甲殼蟲甩出幾十米遠。

「哇，蚍蜉大奔好快！」布布路連連稱讚。

「可惡！」賽琳娜氣得直捶方向盤，因為汗血甲殼蟲的速度已經達到了極限，無法再提速了，可蚍蜉大奔車隊的速度卻有增無減。再這樣下去，他們就徹底追不上了。

「我們出發前，鬼市的老婆婆叮囑過我，如果實在追不上對方，還可以按方向盤右側的綠色按鈕。不過她也提醒，綠色按鈕威力太強，除非萬不得已，否則最好不要使用……」賽琳娜一邊說，一邊警覺地一掌拍飛布布路伸過來的手。

但賽琳娜沒想到，另一隻手從她的胳肢窩下伸了過來，約翰帶着一臉憨笑按下了綠色按鈕。

甲殼蟲前面的兩盞車燈轉動起來，翻出兩顆像怪物果實一般大小的暗紅色火石，火石上裝有風石推進器，只聽噌噌兩聲，兩枚碩大的火石筆直地朝着蚍蜉大奔車隊彈射而去！

嘭！嘭！

兩枚火石在半空中轟然爆炸，碎裂成無數炙熱燃燒的火石碎片。頃刻間，蚍蜉大奔車隊就陷入了傾盆「火雨」之中。熊熊的火光中，布布路他們聽到蚍蜉在痛楚地號叫，藍羽軍也發出憤怒的咒罵。

「媽呀，好強大的威力！」約翰後悔得直掐自己的大腿——萬一傷到芬妮就慘了。

混亂中，蚍蜉大奔的腹部車廂探出數根水管，噴出的水柱

迅速將火勢控制住，但所有蚍蜉的外殼都已被燒得焦黑，行駛速度大減。

消失的蚍蜉大奔車隊

汗血甲殼蟲的挑釁激怒了藍羽軍，他們開始反擊了！

哢嚓，哢嚓！蚍蜉焦黑的尾部翻動，伸出黑洞洞的炮筒，所有炮筒全都對準甲殼蟲！

轟轟轟 ——

炮彈如雨般迎面襲來，賽琳娜咬牙握緊方向盤，大聲喊道：「大家坐穩了！」

下一秒，甲殼蟲像一道有生命的閃電般，在密集的炮彈中靈活地穿梭起來。經過改造的汗血甲殼蟲十分靈敏，賽琳娜的駕駛技術也隨之提高了好幾個等級，如同一個頂級賽車手一般，精準無誤地避開沿途的每一個攻擊炮彈的落點，不斷縮短着和蚍蜉大奔車隊之間的距離。

很快，甲殼蟲追上了一隻蚍蜉大奔。急速行駛的車輛上，

帝奇鎮定地瞇眼瞄準目標，手起刀落，一柄鋒利的飛刀劃過蚍蜉的後足。

「嗷嗚 ——」蚍蜉身子一歪，趔趄着搖晃起來。

布布路趁機縱身一躍，跳上蚍蜉大奔的車頂，可是蚍蜉搖晃得越發劇烈，布布路只能死死地抱住它的一根觸鬚，身子像風中的樹葉般左擺右蕩，岌岌可危。

關鍵時刻，布布路背後的金盾棺材打開一道小縫，四不像一臉亢奮地探出鐵銹色的腦袋，對準蚍蜉的頭部噴出一記十字落雷。

轟隆隆！

威猛的雷電把受傷的蚍蜉徹底炸昏了，沉重的身軀轟然倒地。不幸的是，紫紅色的雷電繼續在它身上失控地蔓延，在一片觸電的驚聲號叫中，車廂裏的藍羽軍全被電暈了。

約翰心有餘悸地往車廂裏張望。還好還好，芬妮不在這隻蚍蜉上。

這一幕也嚇到了前方的一隻蚍蜉，受驚的蚍蜉慌不擇路地加速，迎頭撞上另一隻蚍蜉的尾部。猛烈的碰撞使得兩隻蚍蜉陣腳大亂，在公路上暈頭轉向地畫起 S 形。

「布魯，布魯！」四不像一鼓作氣，咧開大嘴轟轟又吐出兩串雷光球，把這兩隻礙事擋路的蚍蜉也劈暈了。雷電引發的火苗將三隻蚍蜉的車廂點燃，公路陷入一片火海，徹底無法通行。

「布布路，把你的怪物塞回棺材裏去！」賽琳娜腦門兒冒煙地停下甲殼蟲，手忙腳亂地召喚水精靈出來滅火救人。

「我的天，我錯過了甚麼？」昏迷了一路的餃子終於蘇醒過來，看着橫陳在大火中的三隻蚍蜉大奔，他險些又昏過去，「這可是三隻天價的蚍蜉啊，把我們全賣了也賠不起！」

在水精靈的努力下，大火很快被撲滅，被電暈的藍羽軍也被救了出來。不過除了三隻受傷的蚍蜉之外，其他蚍蜉大奔都跑得無影無蹤了，公路上連一道車轍都沒有留下。

大家面面相覷。

「不對勁啊！」賽琳娜困惑地說，「那些蚍蜉被燒得漆黑，跑過的公路上應該會留下一些黑色的印跡才對，怎麼會甚麼都沒有呢？難道是憑空消失了？」

「我能聞到蚍蜉車隊的氣味！」布布路抽動着鼻子，沿着公路一路嗅。很快，他停下腳步，指着公路邊的一座小山說：「車隊的氣味就是在這裏消失的！」

那麼多隻蚍蜉大奔不可能一下子憑空消失，這座小山一定有甚麼機關。

大家仔細觀察起來。小山整體呈半圓形，就像一個倒扣在地面上的巨碗。山壁粗糙，沒有明顯的人工雕鑿痕跡。

帝奇騎着巴巴里金獅迅速繞山一周，別說隱藏門，連條門縫都沒發現。但這座小山一定有問題，帝奇屏氣凝神感受周圍氣流的細微變化，發現面前的山壁上竟然有幾處不該出現的氣旋。

帝奇跳下巴巴里金獅，來到山壁前，用手撫摸着山壁。他順着氣流變化來到山壁一角，回頭看向大家：「你們有沒有發現，這個位置在隱隱發光？」

「這裏有一道紅光！」布布路肯定地點點頭。

「紅光？」約翰瞇起眼睛仔細打量起來，可他甚麼都沒看到。他迷惘地看向賽琳娜，好像賽琳娜也同樣沒有頭緒。

「嗯……確實有道紅光，一直在上下來回掃動……噦……」嘔吐中恢復了一點神志的餃子勉強使用天眼感知着。

「紅光、掃射……」賽琳娜靈機一動，「可能是某種生物識別的掃描裝置。」

想起之前在進入沙魯城門時的蜂眼掃描裝置（詳見《怪物

大師·來自地底的至尊魔器》），大家齊齊打了個激靈。

華麗而危險的歡迎禮

只要通過掃描，應該就能打開小山的入口……四個預備生不約而同地將目光落到那三隻受傷的蚍蜉大奔上。

大伙兒齊心協力將一隻蚍蜉救醒。賽琳娜坐進駕駛座，一番調試後，蚍蜉大奔一瘸一拐地開向小山。

紅光透出來，驟然變亮，同時快速在蚍蜉上掃過。在一陣噠嗒噠嗒的震動中，山壁上開啟了一扇隱蔽的石門。大姐頭猛一踩油門，蚍蜉大奔筆直衝了進去。

石門內果然別有洞天，中空的巨大山腹內，赫然矗立着一座恢宏華麗的府邸。一列焦黑的蚍蜉大奔停在緊閉的府邸正門口前，芬妮正在藍羽軍的看守下驚魂未定地從車廂裏走出來。

「芬妮！」一看到芬妮，約翰和布布路就不顧一切地跳出藏身的蚍蜉大奔。

「兩個笨蛋！」帝奇氣得面如鍋底，這兩個魯莽的傢伙，居然就這樣把大伙兒暴露了！

一看到布布路和約翰，尤其是坐在棺材頂上齜牙咧嘴的四不像，藍羽軍一個個牙根子癢癢，怒火中燒地把布布路他們團團圍起來，藍色制服上閃着危險的劇毒藍光。

「各……各位，聽我解釋，這都是誤會啊，誤會……」餃子聲音發顫地叫道，「我們不是故意放火燒你們的大奔車隊的，你們不要再靠近了，啊啊啊！那位大哥，你的衣服快要碰到我啦！拜託，剛才一路上我都在昏迷，根本不知道發生了甚麼事情，我是無辜的！」

餃子的哀號沒有任何效果，藍羽軍們的殺氣更重了。

眼看一場惡戰一觸即發，這時，藍羽軍身後的府邸大門突然打開了，一大羣人簇擁着一個中年男人走了出來。

那羣人全部衣着華麗，面色冰冷，給人一種高高在上的感覺，只有走在最中間的那個中年男人看起來面色溫和，散發着儒雅的氣質。

隨着那人走近，大家都吃驚地睜大了眼。

中年大叔身着挺括奢華的月白色長袍，一頭柔順的金色長髮垂到雙肩，雕塑般的五官，神祕優雅的姿態，舉手投足間貴氣十足。

布布路他們無比確定，這絕對是他們出生至今見過的最俊美的男人。

原本劍拔弩張的藍羽軍立馬安靜下來，規矩地站成兩列，目光敬畏地向那人行單膝跪地禮，一個個大氣也不敢出。直到那人從容地一揚手，藍羽軍們才誠惶誠恐地站起來。

肅穆的氣氛下，幾個男生暗暗用眼神交流。對方十有八九是德西藍家族的某位大人物，趁着人們的注意力都在這位大人物身上，他們最好趁機開溜。

然而大姐頭陷入了少女夢中，正直勾勾地盯着那人，失神地喃喃道：「那輕盈的步伐，那挺直的背脊，那微微昂起的下巴的線條，那嘴角的淺笑……大叔要是再年輕十幾歲，簡直就是我心中理想的白馬王子啊！」

賽琳娜的雙腳像被釘在地上一般，三個同伴怎麼也扯不動她。

「膚淺，無知！」帝奇無奈地翻着白眼。

隨着賽琳娜目光的移動，那人信步朝芬妮走去。

「你要幹甚麼？」約翰緊張地擋在芬妮身前。

「別擔心，我沒有惡意。」那人淺淺一笑，優雅地張開雙臂，當眾給了芬妮一個大大的擁抱，他用富有磁性的嗓音說，「芬妮，我找你很久了，歡迎回家！」

除了布布路和約翰之外，在場所有人都傻眼了。歡迎芬妮回家是甚麼意思？難道她真是德西藍家族的成員？！

新世界冒險奇談

第四站 STEP.04

德西藍家族

MONSTER MASTER 16

讓人跌破眼鏡的重大決定

空氣彷彿被凍住了，四周一片死寂。眾人如遭雷擊般全都僵住了。大家實在難以接受芬妮是德西藍家族的成員這個荒謬的事實。

「你就是頭領嗎？」約翰將中年人和芬妮分開，義憤填膺地說，「身為芬妮的兄長……咳咳，雖然是沒有血緣關係的義兄，我一直把芬妮當作自己的親妹妹看待，絕不容許她受到一點兒委屈。既然你說芬妮是德西藍家族的人，為什麼要用這種脅迫的方式綁架她?」

眼看約翰的手指快要戳到那中年男人的臉上了，周圍的人神情大變。一個面色白皙的年輕人一個箭步衝上前來，怒斥道:「放肆!膽敢在德西藍家族的地盤上瞎嚷嚷，來人，拿下!」

年輕人雖然也長得頗精緻，但渾身上下都散發出一股令人討厭的跋扈氣質。

在年輕人的示意下，一隊藍羽軍朝約翰圍攏過去，布布路四人立馬進入備戰狀態。

大戰一觸即發，可那中年男人依然是雲淡風輕的模樣，狹長的丹鳳眼淡淡掃過一圈，那不怒自威的神情讓布布路心頭一顫，感覺這人深不可測。

事實證明布布路野生動物般的感知能力並沒錯，大叔一個眼神就讓原本氣勢洶洶的藍羽軍偃旗息鼓，全都乖乖退回原處站好。那年輕人也不敢吱聲了，只是從他四十五度高昂的頭顱和四十五度下斜的視線來看，似乎十分鄙視芬妮和布布路他們。

「我相信一旦你們知道了原因，就會理解我為何要採取這種急切的方式來邀請芬妮了。」中年男人抱歉地朝約翰和布布路他們笑笑，提高音量對在場的人說，「現在，請容我鄭重地向各位宣佈，芬妮將成為德西藍家族下一任家主的合法繼承人之一!」

如果說芬妮是德西藍家族的成員這個消息只是令人傻眼，那這句話則徹底讓大伙兒的眼珠子都掉到地上了。

「我的耳朵是不是出問題了?」餃子奮力地用手指頭掏耳朵,「芬妮這個騙子居然搖身一變,成了德西藍家族的繼承人?」

「芬妮本來就是德西藍家族的合法繼承人,甚麼叫『搖身一變』?」約翰不高興地反駁。

更吃驚的似乎是對方陣營中那個囂張的年輕人,他露出一副活見鬼的樣子,打量芬妮的目光也越發陰沉了,眉目間流露出一種受到奇恥大辱般的鬱悶神情。

相比之下,芬妮就顯得滴水不漏了,從臉上完全看不出她的情緒變化。

布布路好奇心十足地打量着那中年男人,嗓門響亮地問道:「大叔,請問你是誰啊?」

「大……大叔……你叫他大叔……你有沒有禮貌啊?」年輕人倒抽一口冷氣,不可思議地瞪向布布路。

「我還沒有向各位做自我介紹,呵呵,」中年男人卻絲毫也不介意布布路的魯莽,微笑着說道,「我是德西藍家族的現任家主 —— 羅根。」

餃子三人早猜到對方身份顯赫,可萬萬沒想到他坐的是德西藍家族的第一把交椅。詫異之餘,又覺得非常信服,德西藍家族的家主必然是世間罕見的人物,而羅根的談吐氣度看來也的確是出類拔萃。

「噢噢噢,羅根大叔,很高興認識你!」布布路自來熟地打起招呼。

餃子深吸了一口氣，激動得連標點符號都不會加了，語無倫次地道：「原來您就是傳說中最強命運編織者家族德西藍家族的家主大人！」

「能看到命運絲線的人，氣質也如同神一般不凡！」賽琳娜雙眼桃心亂飛。

「看來我們真的見證了奇跡。」帝奇在震驚之餘，不忘揶揄餃子一句。

羅根對布布路幾人微笑頷首，鼓勵般地看向芬妮，柔聲卻不失威嚴地問：「芬妮，你願意接受這份榮耀嗎？」

眾目睽睽之下，芬妮的眼中快速閃過一道狡黠的光芒，她恭敬地說：「尊敬的家主大人，非常感謝您賜予我這麼大的榮耀，不過這麼大的事，我能否跟您私下裏談一談再做決定呢？」

「莫非你還不願意當繼承人？」對方陣營中的年輕人再度暴跳如雷，「多少人做夢都想當德西藍家族的家主，像你這樣的傢伙能踏進德西藍家族的大門就是莫大的榮幸了！」

「哦，你說的多少人裏是不是包括你自己？」芬妮笑瞇瞇地反將一軍。

「祖爾法，由你負責招待芬妮的同伴們！」羅根不動聲色地掐斷兩人的對話。

「是。」叫祖爾法的年輕人喉頭聳動，似乎在奮力將滿腔怒火都吞回肚中，可見他相當敬畏羅根。

在羅根的眼神示意下，藍羽軍退了出去，羅根獨自帶芬妮進了書房，布布路他們則被祖爾法帶入德西藍府邸的會客廳，享受貴賓級的款待……

禁忌話題

五彩金絲蜜卷、繡球貝殼拼盤、珍珠酥油奶茶、綿密戚風蛋糕、濃醇巧克力餡餅……會客廳的餐桌上擺滿琳琅滿目的精緻點心。

「布魯，布魯！」

「哇，四不像你不要搶，給我吃一口嘛！」

「喂，布布路，你不要拿我的乳酪哇！」

布布路和四不像正進行着「食物爭奪戰」，和平時不同的是，這次又多了約翰，兩人一怪物打得不亦樂乎。整間會客廳裏回蕩着不絕於耳的搶奪聲、咀嚼聲，甜點和水果在餐桌上空飛來飛去，會客廳裏聒噪無比。

餃子、賽琳娜和帝奇也愜意地品嚐着美食，剛才的「公路追逐戰」太消耗體力了，他們感到又累又餓。

相比大快朵頤的布布路一伙，餐桌的另一側卻十分安靜。那裏並排坐着一些德西藍家族的成員，為首的正是祖爾法。他自從在餐桌邊落座後，就一直陰森森地盯着布布路他們，完全沒有打算盡地主之誼，來與布布路他們交際一下。而其他人更是個個面色凝重、煩躁不安。

忍了一會兒，其中一個人終於按捺不住，憤憤地發起牢騷：「羅根大人到底在搞甚麼名堂？居然從鬼市找了個下九流的賤民來當家主繼承人！」

「可不是嘛！我們德西藍家族最注重血統的純淨與傳承了，怎麼能讓一個可疑的黃毛丫頭當家主？」另一個人也附和道。

「就是就是，說到血統純淨，我們祖爾法少爺可是羅根大人的親兒子，是當之無愧的家主繼承人，」又一個人打抱不平地接話，「羅根大人為甚麼要費力找個小丫頭出來威脅自己兒子的地位呢？我怎麼也想不通！」

「莫非……」一個賊眉鼠眼的人惴惴地說，「那個芬妮是羅根大人的私生女？」

「都給我閉嘴，不許你們議論父親大人！」祖爾法喝止了七嘴八舌的議論，煩躁地說，「雖然父親希望能儘快培養有能力的年輕人成為繼承人，但你們放心，我絕不可能把家主之位讓給她這種來歷不明的傢伙！」

餃子他們雖然埋頭苦吃，卻把祖爾法一伙的話全都一字不漏地聽進耳朵裏。

「原來這個祖爾法是羅根的兒子！」賽琳娜失望地歎氣，「他雖然年輕，長相也遺傳了他老爸，但他的氣質卻差了他老爸十萬八千里遠，可惜了！」

「不過既然他讓芬妮當繼承人，說不定她還真是羅根的私生女。」餃子壞笑着說。

「哼，不管是不是私生女，將德西藍家族的未來交給一個女騙子，這個家主羅根看到的命運絲線恐怕也是一團亂麻。」帝奇不屑地說道。

「可芬妮不是故意騙人的，」布布路仍然搞不清狀況，含着一根香腸支支吾吾地說，「芬妮很善良，人格很高尚啊，我相信她能把西蘭花家族領導好……」

布布路不愧是「話題終結者」，他一開口，同伴們全都失去了說話的興趣。

另一邊，祖爾法若有所思地喃喃道：「父親大人生性謹慎，思慮周全，不會輕易做決定。看他似乎很器重芬妮，莫非……她是『那件事』的倖存者？」

一聽到「那件事」三個字，在場的德西藍家族的成員神情大變，彷彿觸碰到了某個禁忌話題，連祖爾法都後悔得暗暗掐了自己一把。

這種欲言又止的氣氛讓布布路他們的好奇心蠢蠢欲動，餃子一把搶過布布路手中的一塊樹莓蛋糕，討好般地雙手奉送給約翰，悄聲問道：「約翰，你和芬妮那麼要好，知不知道『那件事』是甚麼意思？為甚麼祖爾法說芬妮是『倖存者』？」

「我雖然和芬妮形影不離，可對於她的過去，我其實了解得很少。」約翰搖搖頭，歎息道，「我只知道芬妮和我一樣是

孤兒，我遇見她之前，她一定吃過很大的苦頭，所以我才決定要好好照顧她。」

家族的祕密

布布路他們的八卦魂在燃燒，可祖爾法一伙卻不再開口說話了，這讓吃飽喝足的四個預備生再也坐不住了。

「哎呀，我這平民的胃一定是消化不了這麼高級的茶點，突然覺得肚子好痛，不好意思，我要去洗手間！」餃子率先站起來，撒謊不打草稿地編了個藉口脫身了。

接着，布布路他們一個接一個地捂着肚子，裝出一副苦相溜出會客廳。

不明所以的約翰則是被賽琳娜拖出去的。祖爾法一伙似乎沉浸在自己的世界裏，根本沒有理會布布路幾人做作的退場。

布布路一行順利地擺脫了祖爾法他們，沿着華麗的走廊，鬼鬼祟祟地來到羅根的書房外，把耳朵貼上門板，偷聽起書房裏面的動靜。

只聽芬妮語氣真誠地對羅根說：「抱歉，舅舅，如果您認為我是能力者，恐怕我要讓您失望了。」

能力者是甚麼意思？布布路用唇語詢問同伴們。

「就是指能看到命運絲線的能力，這是一個命運編織者最基本的素質。」賽琳娜悄聲解釋道，「不過，這是一種天生的能力。就算是德西藍家族的人，也不一定生來就具有這種能力，所以德西藍家族中並非人人都是命運編織者。不過，若要繼承家主之位的話，就必須是最強大的能力者才行。」

「你們聽到沒，芬妮管羅根叫舅舅，她不是羅根的私生女。」餃子抓的重點讓帝奇忍不住翻了個白眼。

「哈哈哈！」這時，書房裏傳出羅根爽朗的笑聲，「別擔心，芬妮，我也不是能力者。」

甚麼？德西藍家族的現任家主居然不是能力者？

羅根輕描淡寫的一句話如同平地驚雷，除了布布路之外，其他人全都瞠目結舌，震驚得開始懷疑自己是幻聽了。

要知道，就像領航員看不懂航海圖，飛行員不會開龍舟，廚師不會做飯一樣，德西藍的家主不是能力者這種事是任誰也無法想像的！這種足以撼動整個藍星的驚天大祕聞如果傳出去，德西藍家族必定聲名掃地！

這是成為怪物大師的必經之路!!!

+LOVE & DREAMS+ MONSTER MASTER

尊敬的讀者：現在你跟隨布布路一起踏上了成為怪物大師的道路！向所有的困難發起挑戰吧！

【主角們的命運絲線，你能看到多少】

在招生會的第一關卡 —— 珍珠大峽谷，賽琳娜是駕駛甚麼跳入峽谷的？

A. 甲殼蟲
B. 龍蚯
C. 蚍蜉大奔
D. 鬆毛蟲車

答案在本頁底部，答對得5分，你答對了嗎？

■即時話題■

賽琳娜：我是說過要救醒一隻蚍蜉，然後利用它通過生物識別的掃描裝置！但我沒說要你們採取這麼極端的方式！

餃子：還好吧，我只是讓藤條妖妖用了一點點清醒花粉！

賽琳娜：問題是這三隻蚍蜉對花粉過敏以致眼睛發紅，都發瘋了！

帝奇：所以我才讓巴巴里金獅用獅王咆哮彈吹散它們沾到的花粉！

賽琳娜：這不叫吹散，叫恐嚇！你難道看不到這三隻蚍蜉縮成一團的模樣嗎？

布布路：所以我、約翰和四不像一起安撫了它們呀！

賽琳娜：你們圍着它們討論蚍蜉可不可以吃……這叫安撫？

餃子：但是那個……它們最怕的人好像是大姐頭你啊！你看，它們都盯着你在瑟瑟發抖！

眾人：……（內心語：餃子，你保重吧！）

你對主角的命運絲線瞭解多少？程度深淺，一測便知。
測試答案就在第十六部的235頁，不要錯過喲！

新世界冒險奇談

第五站 STEP.05

另有內情

MONSTER MASTER 16

芬妮的條件

布布路四人和約翰萬萬沒想到，德西藍家族的現任家主居然不是能力者！更讓人想不明白的是，德西藍家族人才濟濟，怎麼會由一個非能力者來領導呢？

「德西藍家族的家主之位實行的是繼承制。我這一代人裏，只有三個合法繼承人，」羅根繼續說道，「我之所以會成為家主，是因為身為能力者的姐姐的謙讓，以及同為非能力者的妹妹的迴避罷了。」

「不，您謙虛了，」芬妮一本正經地回應道，「您多年來在藍星各國的政要權貴間遊走自如，以『謀士』的身份為他們出謀劃策，運籌帷幄，從來沒出過紕漏。作為一個非能力者，您表現得比能力者更加機智和敏銳。這說明您具有強大的情報搜集、整理能力和邏輯推斷力，更擁有超越常人的佈局能力。就算是我媽媽這個能力者，也未必能比您做得更好。」

書房外的眾人全都恍然大悟，原來芬妮是羅根的姐姐的女兒！

「這種溢美之詞想必您早就聽膩了，言歸正傳，您應該比我更清楚，我不具備領導德西藍家族的能力。」芬妮把語

調放得慢悠悠的，好像瞬間從嚴肅的對話狀態切換到了漫不經心的調侃，「我皮糙肉厚、心理承受能力好得異於常人。舅舅，您不妨打開天窗說亮話，找我來的真正目的是甚麼？」

「你是否具有領導德西藍家族的能力，我不想這麼早就下結論。」羅根語氣平靜，似乎不受芬妮態度的影響，「不過我找你來，的確是有機密任務要你去執行。」

機密任務！布布路他們緊張地豎起耳朵。

「最近，青壩草原上的各大部落矛盾激化、紛爭不斷，遲早要爆發一場惡戰。這樣下去，流血犧牲在所難免，我希望你能作為德西藍家族的代表，幫我去調解草原各大部落間的矛盾。」羅根平靜地向芬妮解釋說，「明天剛好就是三年一度的青壩草原盛會，青嵐大陸上的所有國家和草原部落都會參加盛會。這是一個難得的絕佳機會，你剛好可以趁機周旋於各部落之間，

伺機調解紛爭，最後順便邀請『尖峰部落』的酋長尤金來我們德西藍家族做客。如果你能完成這個任務，家族內的人勢必不會再懷疑你的能力，繼承家主之位也指日可待。」

「這麼說，您是真心想扶持我登上家主之位？」芬妮意味深長地問，「據我所知，祖爾法在家族內擁護者眾多，您為甚麼不讓自己的兒子當家主，卻執意要選擇我呢？」

「你流落在外多年，沒想到對德西藍家族的內部局勢還是有所瞭解。」羅根意有所指地說，「在我看來，德西藍家族的家主只屬於最有才幹的人，我要保證每一個合法繼承人都有平等的機會去證明自己的才幹！另外，我要事先提醒你，這個任務的難度非常高，而且時間有限。你必須在明天抵達青壩草原，一旦錯過草原盛會，你就會錯失一切。你要考慮清楚，是否願意接受這個任務。」

布布路三人的目光投向餃子，因為青壩草原位於青嵐大陸西北部，餃子應該知道去那裏的捷徑。

餃子摸着下巴，眼中閃爍着難以揣摩的深意……書房陷入沉寂，布布路他們蹲在外面的牆角下屏息等待着，不知芬妮會不會接受羅根的機密任務。

片刻之後，芬妮終於慢悠悠地開口了：「我願意接這個任務，不過去青壩草原的路很難走，我要提個條件 —— 如果我完成任務，你要付給我一千萬盧克作為獎金。」

「一千萬盧克！」約翰一把捂住自己的嘴巴，克制住自己幾乎脫口而出的驚叫。身為芬妮的義兄，連他也覺得芬妮是獅子

大開口。

「看來芬妮很缺錢呢！」布布路歎道。

賽琳娜和帝奇卻露出心領神會的神情，連一向財迷心竅的餃子也表現得十分平靜。

「你果然跟我姐姐一樣聰明，」對於芬妮的條件，羅根不怒反笑，「一千萬獎金很合理，我現在就先付給你三百萬，作為任務的啟動資金！」

接着，書房裏傳出嘩啦啦點盧克的聲音。

華蓮寺事件

「三百萬盧克要點很久吧……」約翰被突如其來的金錢砸得暈乎乎的，趴在門板上癡癡地說起夢話。

「剛才祖爾法說，芬妮可能是『那件事』的倖存者，而芬妮是羅根的姐姐的女兒……」帝奇突然像想起甚麼似的說，「難道『那件事』就是『華蓮寺事件』？」

「華蓮寺是甚麼地方？」大伙兒好奇地看着帝奇。

「我在雷頓家族的機密任務檔案裏看過，那是發生在多年前的一次失敗的救援任務，那任務和德西藍家族有關。」帝奇語調低沉地說，「如剛剛羅根所說，他有一姐一妹，姐姐叫羅蘭，妹妹叫羅曼。當時，德西藍家族呼聲最高的下任繼承者羅蘭不知為何隱祕地離開了家族。可這世上沒有不透風的牆，覬覦命運編織者強大能力的羣體太多，羅蘭變成了諸多勢力的搶奪目標，其中有人還懷着『如果我得不到命運編織者，任何人都別想得到』的惡毒念頭。他們頻繁地明搶、偷襲甚至是暗殺。為避免矛盾激化，羅蘭躲進了地處險峻深山的華蓮寺，德西藍家族對外宣稱她已病故，並很快安排羅根繼承了家主之位。」

「然而，不久之後，還是有一股勢力查探到羅蘭還活着，甚至找到了她藏身的地點，他們派出強大的雇傭兵團暗襲了華蓮寺。雷頓家族接到的任務，正是去華蓮寺救羅蘭。只是等雷頓家族趕去救援時，華蓮寺早已被熊熊火海吞沒，羅蘭和寺院裏的僧人全部葬身火海，她年幼的女兒甚至被燒得連屍骨都沒有留下……當然也有人推測，羅蘭的女兒也許當時不在寺院裏，僥倖逃過這一劫。但由於事情過去了二十年，羅蘭的女兒至今杳無音信，因此，人們都認為她其實是葬身在那場大火中了。」

聽到這裏，約翰突然放聲號啕起來：「嗚哇……芬妮平時總是很樂觀，一副樂天派的樣子，沒想到她的身世這麼悲慘！嗷嗚……我可憐的妹子，我以後一定會對你更好的！」

結果，哭聲驚動了書房裏的羅根，布布路他們不幸被逮個正着。

「別擔心，舅舅，他們不是外人。」芬妮制止了要喊人來的羅根，笑嘻嘻地說，「約翰是我的義兄，其餘幾個則是摩爾本十字基地的怪物大師預備生，他們會跟我一起執行這次機密任務，助我一臂之力！」

「你做 ——」餃子的「夢」字還沒出口就被打斷了。

「畢竟他們剛才毀了我們家族三隻蚍蜉大奔，就拿這次任務當作賠償吧。」芬妮一本正經地說，可她臉上的神情分明是在說：這種免費的保鏢，我怎麼能放過？

餃子滿腔的怒火頓時化作眼中隱忍的淚花。雖然他們確實毀了三隻蚍蜉大奔，但那麼做明明是為了救芬妮啊。不過，跟芬妮這種人談感情，根本是浪費精力！

賽琳娜和帝奇早已認命，這種倒楣差事，他們從來是不會錯過的……

布布路一如既往地天真又熱血，興奮地說：「我非常願意幫忙，芬妮，我們趕緊出發去爸爸草原吧！」

「是青壩草原。」羅根耐心地糾正布布路，不放心地重申，「請你們牢記，這是一次機密任務，務必保守祕密，不要暴露自己的身份和目的。」

「放心，我們會守口如瓶！」約翰和布布路哥兒倆勾肩搭背，拍胸脯保證。

於是，布布路一夥和約翰、芬妮這對騙子兄妹結為同伴，離開德西藍家族的府邸，開着鬼市提供的汗血甲殼蟲，踏上了前往青壩草原的機密任務之旅。

機密任務的內情

汗血甲殼蟲飛速行駛在荒郊公路上。

長路漫漫，餃子為了分散一下暈車的痛苦，主動跟芬妮搭話：「嘁……既然你決定接下任務……想必是有……十足的把握吧？」

「把握我倒不敢說，不過我覺得這麼做，對我很有好處。」芬妮自信地回答道，「德西藍家族崇尚和平，經常會出手調解各種國際紛爭，避免戰爭的發生。如果完成這次機密任務，我就既能在族內站穩腳跟，又能拿到一千萬盧克，多划算啊！」

「既然是美差，為何還要嚴格保密？」帝奇冷冷地說，「在賞金獵人界，只有達到致命危險級別的任務，賞金才會超過千萬，你那麼自信地開口要一千萬盧克，想必這任務沒你說的那麼兩全其美吧？」

「嘖嘖，想不到你的眼光這麼犀利。」謊言被戳破，芬妮不羞不臊地繼續油嘴滑舌，「實不相瞞，我也覺得這個任務很可疑。」

「恐怕羅根的真正目的不是調解部落糾紛，而是那個名叫尤金的部落酋長吧？」帝奇目光銳利地逼視着芬妮。

芬妮的目光明顯閃爍了一下。

「我說芬妮啊……曦……」餃子病懨懨地說，「不管我和你之前有過甚麼恩怨，至少現在咱們可是一伙的……曦……你要是想平安地完成這次任務，最好就別跟我們遮遮掩掩的……」

「好吧，我把我知道的都告訴你們。」芬妮沉思片刻，像下了很大決心似的說，「德西藍家族家主的上一代候選人，除了我媽媽和羅根舅舅之外，還有羅曼阿姨。羅曼阿姨生性淡泊，對於家族的事完全沒興趣，後來她遠嫁到偏僻的青壩草原部落，避世隱居去了。」

開車的賽琳娜插話道：「你的意思是，尤金有可能是羅曼的兒子？」

芬妮點點頭，訕笑着說：「你們知道的，我沒有命運編織者的能力。祖爾法也肯定不是能力者，因為他心裏想甚麼全都掛在臉上，能看見命運絲線的人絕不會表現得這麼膚淺。我和

祖爾法都不是最適合的人選。所以我猜測，羅根舅舅假裝扶持我上位，挑起我和祖爾法之間的矛盾，不過是聲東擊西，保護真正的能力者——尤金不受壞人的注意罷了。」

「所以你才向羅根開出一千萬的天價，如果他答應了，就等於變相印證了你的猜測。」賽琳娜恍然大悟。

餃子扭頭去嘔吐，心中想的卻是，這個女騙子太有心機了，一路上他要提高警惕，別被她賣了還幫她數錢！

「總之，大家並肩努力，一起完成這次機密任務吧！」芬妮狡黠地一笑，「有了一千萬盧克，我就可以翻修鬼市，提高那些老百姓的生活水準啦！」

「哼，你最好說到做到。」帝奇可不相信芬妮有那麼善良。

芬妮和餃子他們三人聊得熱火朝天，布布路和約翰在一旁都聽傻了。沒想到這次任務有這麼多的曲折和內幕，當然了，就算現在內幕都攤開了，這兩顆榆木腦袋也還是不太明白。

布布路努力想要提高參與感，高高舉手提問：「芬妮，當年你是怎麼從那個蓮花寺逃出來的啊？」

芬妮臉上的笑容僵滯了半秒，很快又變成滿不在乎的樣子：「那天我根本不在寺裏，我一大早就溜進山裏去玩兒了，結果半路上掉進捕獵坑，被困了一天一夜才爬上來，就這樣逃過一劫。」

約翰沒等芬妮說完就又哭起來：「嗚嗚嗚……被困在坑裏一天一夜，好不容易爬出來卻發現失去了一切，我可憐的小芬妮……」

「還好我後來遇到了約翰，他像照顧家人一樣照顧我。這些年我過得很幸福，媽媽若在天有靈，也會感到欣慰的。」芬妮擠出幾滴假惺惺的鱷魚眼淚，聲情並茂地說，「鬼市就是我們的家，我們努力把一千萬賺到手，打造鬼市輝煌燦爛的明天吧！」

「好！」約翰立刻像打了雞血一般，鬥志昂揚地抹乾眼淚。

「我也要出一份力！」布布路也熱血沸騰地在一旁摩拳擦掌。

餃子他們三人像看神經病一樣看着這兩個騙子和一個傻子……

新世界冒險奇談

第六站 STEP.06

半途中的不速之客

MONSTER MASTER 16

藍星屋脊

汗血甲殼蟲停靠在北之黎郊外的龍蚯站。

「各位，噦……請容我提醒一句，」餃子氣息奄奄地說，「乘坐龍蚯到蘭特港，然後坐船渡海，是從琉方大陸去往青嵐大陸南部港口的唯一通路，全程需要一天時間。並且就算從蘭特港順利到達塔拉斯，要再前往位於青嵐大陸西北部的青壩草原，也需要至少一天時間，我們根本趕不上明天的草原盛會。」

「沒有捷徑可走嗎？」布布路不甘心地問，「我們去塔拉斯的時候不也抄了近道嗎？」

一想到之前在千瞳石窟的遭遇（詳見《怪物大師‧天目族的最後之眼》），賽琳娜和帝奇忍不住胃酸翻湧。

「近路當然是有的，芬妮不是跟羅根說了嗎？去青壩草原的那條路很難走，嚴格來說那根本不算是路。」餃子斜了芬妮一眼，咬牙切齒地說，「只要我們翻越青嵐大陸西北部與琉方大陸交界處的『死亡雪線』，就能趕上草原盛會。」

「死亡雪線是甚麼東西？」布布路和約翰異口同聲地問。

「死亡雪線又被稱為藍星屋脊，號稱藍星上海拔最高的陸地，那是一整條高大狹長的雪山山脈，隔開了琉方大陸和青嵐大陸。」芬妮邊解釋邊露出陰森森的笑容，彷佛存心想要嚇唬人，「那座雪山十分邪門兒，不論是方舟還是龍首船，哪怕是一隻飛鳥，在進入雪山的上空後都會受到一股無形力量的拉扯，墜落到雪山中喪命。近百年來，那裏發生了不計其數的飛行事故，無一人生還，就連進入雪山的搜救團隊也全都有去無回。」

「那麼危險！」約翰一臉駭然，「那我們豈不是沒法完成任務了？」

「藍星屋脊比冰封時之輪的冰山還高嗎？」布布路一點兒都不害怕，反而露出躍躍欲試的表情。

「只要不用面對噁心的變種蟻蠊大軍，我寧願走死亡雪線。」賽琳娜的眉頭皺得可以夾死蒼蠅。

「沒事，沒事！」餃子則以過來人的口吻安慰約翰，「這兩年，我們去過很多打着『死亡』和『有去無回』旗號的地方，現在不都活得好好的？」

帝奇維持一貫的面無表情，對芬妮所描繪的死亡雪線的恐怖不以為意。

布布路一伙的自信和淡定讓芬妮很不服氣，她也擺出一副不在乎的樣子說：「我和約翰應對特殊地形的經驗可豐富了，死亡雪線我們根本沒放在眼裏，哼！」

說話間，大伙兒走進熙熙攘攘的龍蚯站。芬妮按着裝有三百萬盧克的錢包，財大氣粗地說：「你們在這裏等着，我去買票！」

「慢着！」帝奇卻叫住了芬妮，一臉警惕地壓低聲音說，「注意左後方二十米處，我們被人跟蹤了！」

「是那十八個穿黑衣服的人嗎？」布布路好奇地問，「他們已經跟了我們好久了，不過他們都藏頭遮臉的，不知道他們是誰。」

「隔這麼遠你都看得清？」約翰佩服地看着布布路，「你的眼力真好！」

「馬後炮！你怎麼不早說？」賽琳娜一記栗暴把布布路打得不敢吱聲了。

「我們分開行動，甩開那些傢伙……」芬妮的眼珠子骨碌碌轉着，低聲說。

大伙兒對視一眼，按照芬妮的計畫行動起來，迅速消失在擁擠的人流中……

先發制人的計策

北之黎郊外的龍虻站客流量很大，足有十個售票窗口，每個視窗前都人頭攢動，大排長龍。

布布路六人分散着擠到不同的買票隊伍中，各自買了一張同時間發車，方向和目的地卻截然不同的車票，在等待上車的時間裏，六個人在偌大的車站裏各自行動起來：

布布路帶着四不像擠在燒烤攤子前，又爭又搶，吃得不亦樂乎；

不遠處的甜品車前，約翰為了一塊蛋糕和商販斤斤計較地討價還價；

餃子買了一張《新琉方日報》，坐在樹蔭裏的長椅上，悠閒地閱讀；

賽琳娜走進一家美容店，敷起了補水面膜，享受地舉着雙手讓店員給她修整指甲；

帝奇擠進站前廣場的大超市，精心地為巴巴里金獅挑選起旅行裝的柔順洗髮露；

芬妮從隨身背包裏掏出一串串真假難辨的珍珠瑪瑙，擺起了小地攤，老練地吆喝兜售着。

十八個黑衣跟蹤者也不得不分成六隊，三人一組分頭監視。

到了檢票時間，布布路六人慢慢悠悠地登車，十八個跟蹤者也不動聲色地尾隨跟上龍虻。

可就在六輛龍虻徐徐發動的瞬間，除了芬妮之外，另外五個人突然齊齊翻窗跳出車廂，橫穿鐵軌朝芬妮所在的龍蚯狂奔而來！

嗶嗶嗶嗶 ——

月台上頓時響起急促的警報聲，車站的工作人員驚慌地衝上來制止，可他們哪兒跑得過彪悍的布布路一伙！只能眼睜睜地看着這五個風一樣的少年助跑、加速、抓緊欄杆、翻身上車，一連串驚險的高難度動作，四個預備生和約翰全都一氣呵成地完成，沒有絲毫猶豫和畏縮。

「太棒了！」有幾個工作人員忍不住給布布路他們叫起好來，但隨即就被身邊同事犀利的目光給制止了。

龍蚯越開越快，將一大羣憤怒咆哮的跟蹤者遠遠甩在了後面。

「再見！」布布路五人並排站到龍蚯的最後一節車廂上，對着慢半拍追上來的跟蹤者揮手告別。

「跟我來！」芬妮小跑到布布路他們身邊，狡黠地擠眉弄眼道，「這輛龍蚯上還有三個跟蹤者，我們去會會他們！」

布布路一伙跟着芬妮徑直闖進了一節 VIP 車廂。那三個

跟蹤者正滿頭大汗地在車廂裏休息，黑袍和遮臉布都放在桌子上。大家一眼就認出了跟蹤者，原來是祖爾法和他的兩個手下。祖爾法的手下都穿着藍羽軍的制服，布布路他們不敢貿然靠近。

「你們……」祖爾法緊張又詫異地四下張望，尋找其他同伴。不過他很快明白了，除了坐在這裏的三人，其他人已經被布布路他們甩掉了。

「是羅根先生讓你來監視我們的嗎？」賽琳娜不客氣地逼問。

「你們果然是在替我父親做事？」祖爾法難掩嫉妒地問，「他讓你們去哪兒？」

「原來你甚麼都不知道啊，」帝奇挖苦說，「身為德西藍的家主候選人之一，你搜羅情報的能力實在有待加強。」

「少廢話！」祖爾法羞憤交加，拍着桌子衝芬妮喊，「不管你們去做甚麼，我都會緊跟在後。如果你膽敢做出有辱德西藍家族名譽的事，我絕不允許！」

「呀呀呀，這麼說我又多了一個同伴啦，真是太好了！」芬妮卻開心地向祖爾法伸出手，「歡迎加入我們，接下來的旅行還請表哥您多多指教啦！」

真不愧是專業的騙子……餃子忍不住暗暗歎息，祖爾法雖然年長幾歲，可論心機和城府，他完全不是芬妮這隻老狐狸的對手！

祖爾法也有一種一拳打到棉花上的感覺，心裏更加鬱悶了。可俗話說，伸手不打笑臉人，他只能不情願地跟芬妮握了握手，身份莫名其妙地從跟蹤者變成了同行者。

無人生還的雪山

布布路一行於傍晚時分抵達了距離死亡雪線最近的「雪山龍蚯站」，這座龍蚯站像一座孤島般，孤零零地坐落在連綿的雪山腳下，四周是一望無際的皚皚白雪。

一走下龍蚯，大伙兒就徹底從一路上打盹的狀態中清醒過來。徹骨的寒意席捲而來，他們的鼻子和嘴巴裏噴出大團的白霧，睫毛和眉毛上很快結上了冰霜，單薄的衣服瞬間就被凜冽的風侵透，一個個凍得像篩糠般哆嗦。

「布魯，布魯！」四不像跳出棺材，抓起一大團雪朝布布路拍去。

「好冷啊！」布布路凍得直縮脖子，趕緊抓雪還擊，結果沒打中四不像，反倒命中了約翰的腦門兒。

「哇哇哇！」約翰眼珠子瞪得溜圓，笑哈哈地一彎腰，捧起足有五斤雪，兜頭朝布布路和四不像揚去。

兩人一怪物打雪仗打成一團，打得不亦樂乎。

餃子他們三人惆悵地望着眼前這高聳入雲的連綿雪山。為了趕上明天的草原盛會，他們必須連夜翻越這條死亡雪線，可他們光顧着趕路，完全忘記了準備厚衣服和登山裝備。

「別擔心，我早有準備！」芬妮抖開隨身包，一連掏出了數件棉衣，還有一些圍巾、帽子和手套。

大家七手八腳地穿戴起來，因為藍羽軍的制服和祖爾法身上的袍子都具有抗寒功能，所以祖爾法嫌棄地在一旁說風涼話：「嘖嘖，這些棉衣的款式太過時了，啊呀呀，都什麼年代了，還有人戴那種村姑的碎花圍巾？哈哈哈，真是一羣土包子！」

戴着碎花圍巾的帝奇用令人不寒而慄的眼神看向祖爾法，手上的飛刀寒光閃閃，祖爾法立刻閉嘴了。

餃子探頭探腦地往芬妮的背包裹瞅：「看不出來，你這背包體積不大，裝的東西可不少。」

翻棉衣的同時，芬妮的背包裹零零落落地掉出了好多東西，甚麼頭繩啊，腰帶啊，化妝鏡啊，梳子啊，調料罐子啊……光是瑪瑙手鏈就有十幾條。

「芬妮，你背這麼多手鏈在身上做甚麼啊？」賽琳娜難以理解地問。

餃子早在第一次和芬妮打交道時，就識破了這些瑪瑙手鏈的功能，不過他不準備拆穿芬妮，便保持沉默。

沒想到，芬妮對賽琳娜坦白道：「哦，這些瑪瑙手鏈可是行走江湖的必需品，裏面裝的是高濃度的迷藥！至於其他那些小玩意兒，也是各有名堂的！」

「哼，都是些下九流的手段。」祖爾法鄙夷地批評道。

芬妮選擇性耳聾，收好東西，便去向車站的工作人員打聽情況：「請問可有近路通往死亡雪線？」

「你們要翻越死亡雪線嗎？我勸你們最好趁早打消這個念頭！」工作人員一驚一乍地說，「我在這裏工作了十多年，從沒見過有人能活着翻過這片雪山，不過他們的屍體倒是都回來了！」

「屍體能自己回來？」餃子打了個激靈。

「對呀，這片雪山經常發生雪崩，把屍體和成千上萬噸的積雪崩落下來。如果你們見過那些屍體的樣子，就知道死亡雪線的厲害了！」工作人員語氣駭人地說，「那些屍體全都面目全非，上面佈滿密密麻麻的弧形傷口，每一道傷口都深可見骨，嘖嘖，真是太慘了！」

弧形傷口？難道雪山上有甚麼陷阱？一行人面面相覷，沒有甚麼頭緒，考慮到時間緊迫，大家決定先出發再說。

祖爾法這下子才意識到父親讓芬妮去完成的是一項相當危險的任務，但這也說明父親信任她的能力。如果這時退縮，他顯然面子掛不住，思來想去，他還是帶着兩名手下默默地跟在了後面。

「芬妮，既然死亡雪線那麼危險，就不要讓你表哥跟着去了吧?」約翰好心地提醒芬妮。

「不用管他，」芬妮不以為然地說，「吃到苦頭，那位養尊處優的大少爺就會自己打退堂鼓了。」

「唉，雪山又要添好些年輕的冤魂了，真可惜啊……」

大家身後，那名工作人員用悲憫的眼神目送布布路他們離開。

這是成為怪物大師的必經之路!!!

+LOVE & DREAMS+ MONSTER MASTER

尊敬的讀者：現在你跟隨布布路一起踏上了成為怪物大師的道路！向所有的困難發起挑戰吧！

【主角們的命運絲線，你能看到多少】

帝奇·雷頓的家族來自哪個國家？

A. 沙魯
B. 琅晟古國
C. 巴勒絲
D. 卡加蘭

答案在本頁底部，答對得5分，你答對了嗎？

■即時話題■

賽琳娜：藍星的地理環境真是複雜，動不動就出現一條險象環生的捷徑，要不就冒出個必死無疑的危險地帶。要不是我上課認真聽講，仔細做筆記，課後還溫故知新，絕對會跟不上作者密集安排的多變冒險！

餃子：還是布布路的人設好，因為無知，所以只管發問，解釋重任都靠旁人。我每次背地理知識的台詞都好辛苦！

帝奇：我每次都要用看白癡的表情看布布路，有時作者忘記給我鏡頭，我的表情都白做了！

布布路：如果我不問，你們也不解釋的話，讀者們就無法掌握重要資訊，故事就無法精彩地展開！身為主角，我無知，我驕傲！

餃子三人：……（竟無言以對）

你對主角的命運絲線瞭解多少？程度深淺，一測便知。
測試答案就在第十六部的 235 頁，不要錯過喲！

答案：B

新世界冒險奇談

第七站 STEP.07

翻越死亡雪線

MONSTER MASTER 16

恐怖的氣流之刃

巍峨的雪山像一堵密不透風的白色高牆，橫亙在琉方大陸和青嵐大陸之間。白茫茫的山脈連綿起伏，到處都是厚厚的皚皚白雪，沒有植物，沒有動物，天空也不見飛鳥的痕跡。夜幕降臨後，雪山籠罩在死一般的寂靜中。

一行照明光石在山脊上緩緩地移動着，布布路他們氣喘吁吁地攀爬在雪山上，他們已經持續爬山好幾個小時了。隨着海拔的升高，空氣中的氧含量在降低，每個人都產生了胸悶氣短、四肢乏力的缺氧症狀，除此之外，一路上並沒有甚麼異常情況發生。

祖爾法和他的手下尾隨在後，不過他們的爬行速度明顯變慢了，因為千藍鷹是生活在相對乾燥的區域的，它的羽毛並不具有防水的功能，而這片雪山的濕氣極重，原本輕盈的羽衣吸滿了濕氣，變得越來越沉重。

「我們已經爬到三分之二的高度了，」芬妮看了看手中的指標盤，提高音量說，「大家要提高警惕了，因為從這裏開始，我們就正式進入死亡雪線的高度了！」

似乎是在印證芬妮的話，錶盤上的指針猛地亂轉起來，平靜的雪山上突然刮來一陣呼嘯的冷風。

「當心！」約翰大喊一聲，一個箭步衝出去，把芬妮撲倒在地。

芬妮剛才站立的雪地上，赫然被劃出一道深深的弧形豁

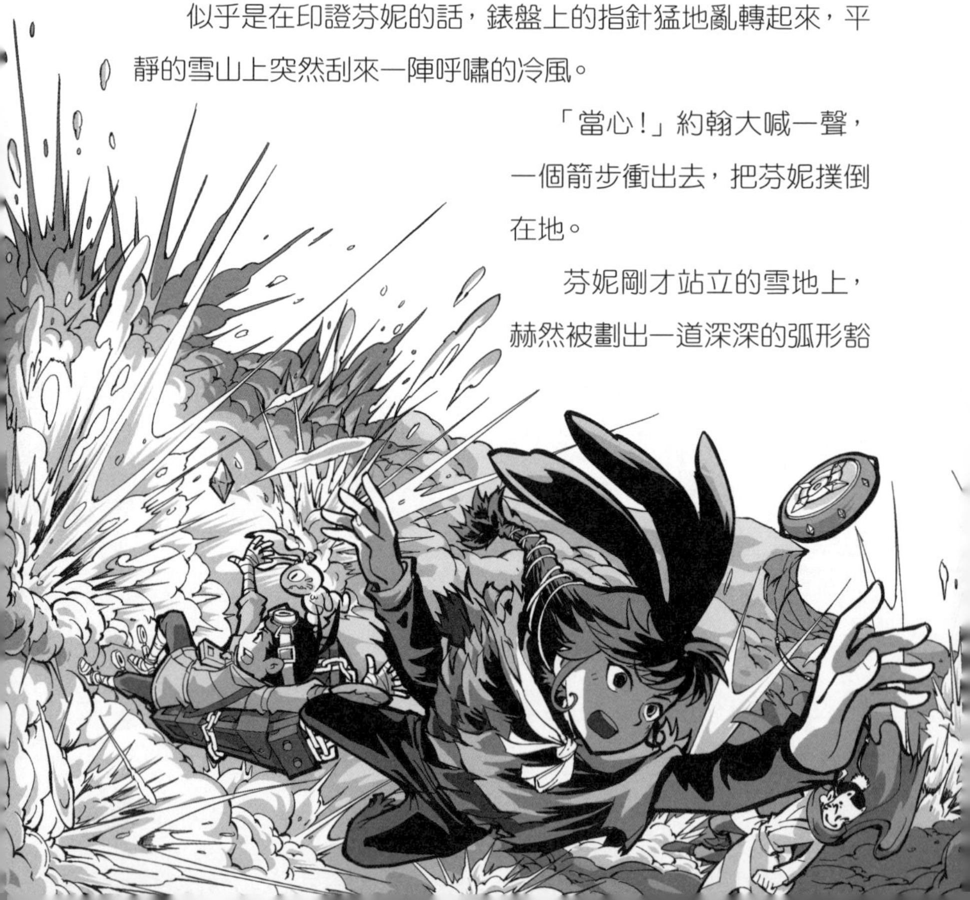

口！

芬妮倒吸一口涼氣，空氣中暗流湧動，四個身經百戰的怪物大師預備生也敏感地察覺到危險正在向他們迫近。

兩秒鐘後，布布路奮起一腳，毫不猶豫地把剛剛爬起來的約翰又踹倒了，幾乎是同時，一道肉眼難辨的氣流像刀刃般淩厲劃過，將約翰身後的背包齊刷刷地切掉一角。

「這氣流之刃簡直比刀子還鋒利！」賽琳娜驚恐地大叫。

話音未落，空氣中爆發出嗡嗡的躁動聲，數道氣流之刃不知從哪兒襲來，劈頭蓋臉地朝賽琳娜切去。餃子連忙甩頭，用長辮子卷住賽琳娜的胳膊，把她拽離氣流之刃的靶心。

兩人快跑了幾步，頓時發現情況不對勁，這些氣刃居然追着他們襲來，而

且越來越密集。

餃子和賽琳娜狼狽地左躲右閃，兇險時時相伴。

鏗鏗鏗，鏗鏗鏗……布布路高舉金盾棺材充當盾牌，緊緊護住芬妮和約翰，氣刃撞擊棺材表面的聲音不絕於耳。

帝奇邁着貓咪一樣的輕盈步伐，小心翼翼地避開氣刃攻擊。

「這氣刃每次都瞄準咱們，莫非它長了眼睛不成？」芬妮臉色煞白地說。

「據我判斷，這些氣刃是通過聲音來定位的。」帝奇把音量壓到不能再低，好似只有嘴皮子在輕微顫動，「不知是甚麼原因讓死亡雪線上的氣流會受到聲波的震盪，形成彎月狀的氣刃，循着聲波的路徑反射到聲源處。所以我們每次一說話，氣流之刃就會精確地切過來，龍蚯站的工作人員說的那些遇難者，應該都是被這氣刃所傷！」

大家心涼了半截，就算他們一路上忍着不說話，可爬雪山要用冰鎬探路，雙腳要踩進厚厚的積雪，缺氧會使人呼吸加重……這一切都會產生聲音啊，怎麼辦才好？

幾乎是同時，後面的祖爾法一行也陷入了困境，他們還沒有洞悉氣刃襲擊的奧祕，一名手下大喊：「少爺，小心！」

鋒利的氣刃隨着那聲音朝着三人集中而去，藍羽軍的成員都是百裏挑一的戰士，他們拉着祖爾法移形換位，在氣刃網的縫隙中穿梭，然而不管他們的反應如何迅速，厚重的藍羽衣卻成了沉重的負擔。

片刻後，他們的動作慢了下來。突然，祖爾法停住了腳步，眼見氣刃快速劈來，兩名手下只能笨拙地往祖爾法前面一擋，瞬間被割得遍體鱗傷，但他們仍不忘回頭看向祖爾法，關切地問：「大少爺，你沒事吧？」

「噓，別說話，這些氣刃認聲音！」剛剛祖爾法停下腳步正是因為看出了氣刃的成因，不過即使知道了這個規律，要躲避氣刃，對穿着沉重的藍羽衣的他們來說仍然太困難，如果沒有穩妥的應對招數，他們最終還是會喪命在死亡雪線上！此刻，祖爾法面色凝重，心中清楚形勢的嚴峻。

另一邊，四個預備生正焦急地用唇語進行交流——

餃子：爬山沒辦法不產生聲音，看來我們是無法突破這段路，登上山頂了，不如早點原路返回，只要大家小心輕步，應該能全身而退。

帝奇：我們倒是能平安下山，那兩個藍羽軍的傢伙怎麼辦？難道把他們扒光了凍死嗎？

布布路：我們都爬了超過三分之二了，與其下山，不如乾脆往山上衝！

賽琳娜：我有個想法，雪是水的一種形態，冰是水的另一種形態，三種形態是可以轉換的，也許我能使用水精靈的能力來賭一把！

餃子、帝奇、布布路同時：那就馬上試試吧！

真假難辨，芬妮的邀請

賽琳娜輕手輕腳地召喚出水精靈。

隨着水精靈的暗暗發力，眾人頓覺全身每個毛孔都被寒氣侵透，眼前一陣暈眩，轉眼的工夫，大家已經置身於晶瑩剔透的冰塊中了！

原來，水精靈利用山上的積雪，製造出了一條吸管狀的冰路，這條冰路直通山頂，只要走在這根透明的「吸管」內，就能免受氣刃的侵襲。

看見這條奇跡般出現在雪山上的冰路，深受氣刃折磨的祖爾法眼前一亮，趕緊朝冰路蹣跚走來。

祖爾法幾人的鞋子在雪地上踩出嘎吱嘎吱的聲響，氣刃像聞到血腥味的鯊魚般，瘋狂地向他們襲來。祖爾法的一個手下昏了過去，藍色制服上佈滿了血痕，祖爾法咬牙背起了手下。

生死攸關的時刻，祖爾法非但沒有自己逃命，還不顧自身安危地保護手下，布布路他們不禁對這位養尊處優的大少爺刮目相看。

很快，祖爾法他們來到冰路外，賽琳娜正準備讓水精靈開出一條口子，可芬妮卻揚手阻止了。

祖爾法不敢拍打冰壁，更不敢叫嚷，只能用口型向布布路他們請求：讓我們進去！

「親愛的祖爾法表哥，比起成為德西藍家族的家主，其實我更喜歡做個自由自在的生意人，呵呵，你要不要跟我做個交易呢？」芬妮攔住賽琳娜，拖長音調說，「實不相瞞，這次我是為了一千萬盧克，才接下羅根舅舅的任務，前往青壩草原的。如果你的開價更高，我也可以放棄這次任務，包括放棄繼承人的身份，你意下如何呢？」

「芬妮，你不想完成這次任務了嗎？」約翰驚訝地問。

「芬妮，我覺得你這麼做不太好。」布布路正色道，「既然你答應了羅根家主，就該努力去做，怎麼能半途而廢呢？」

餃子三人也錯愕地看着芬妮，她會為了更多的錢而改變立場嗎？

「你分明是趁火打劫，而且你把我想成甚麼人了？我就算再怎麼討厭你，也不會背叛父親大人！」祖爾法打心眼兒裏瞧不起芬妮，可他現在深受氣刃威脅，手下也性命垂危，只能低頭認栽，又羞又急地說，「廢話少說，任務你照做，只要你放我進去，我給你兩千萬盧克！」

「成交！」芬妮得意地咧嘴笑起來，又對大家小聲嘀咕了幾句，這才放祖爾法進來。

沒想到祖爾法剛一踏進冰路，四不像突然「布魯」一聲跳上前，咧開大嘴朝祖爾法背後噴出一團雷光球。

轟——

雷光球在雪地上炸裂，成千上萬噸積雪從山頂上隆隆壓下來，密集的氣刃也聞聲襲來。

祖爾法受了驚嚇，一屁股跌坐在地，背着的手下摔了下來，倒在另一名手下身上。

與此同時，藤條妖妖伸出藤條將祖爾法拉了進來，水精靈緊接着把冰路上的開口補上了。

「我的手下還在外面！」祖爾法失聲尖叫，但奔瀉而來的積雪一下子就把他的兩名手下吞沒，迅速朝山下席捲而去。

祖爾法暴跳如雷，揪住芬妮的衣領咆哮：「不是說好了讓我們進來的嗎？你這是甚麼意思？」

「我們此次去青壩草原任務重大。你的手下傷勢嚴重，如果不立即接受治療，會有生命危險，我是幫他們儘快下山去休養。」芬妮氣定神閒地說。

「你放心，在他們被雪崩吞沒的時候，我讓水精靈及時給他們包了一層保護冰殼，他們不會受傷的。」賽琳娜

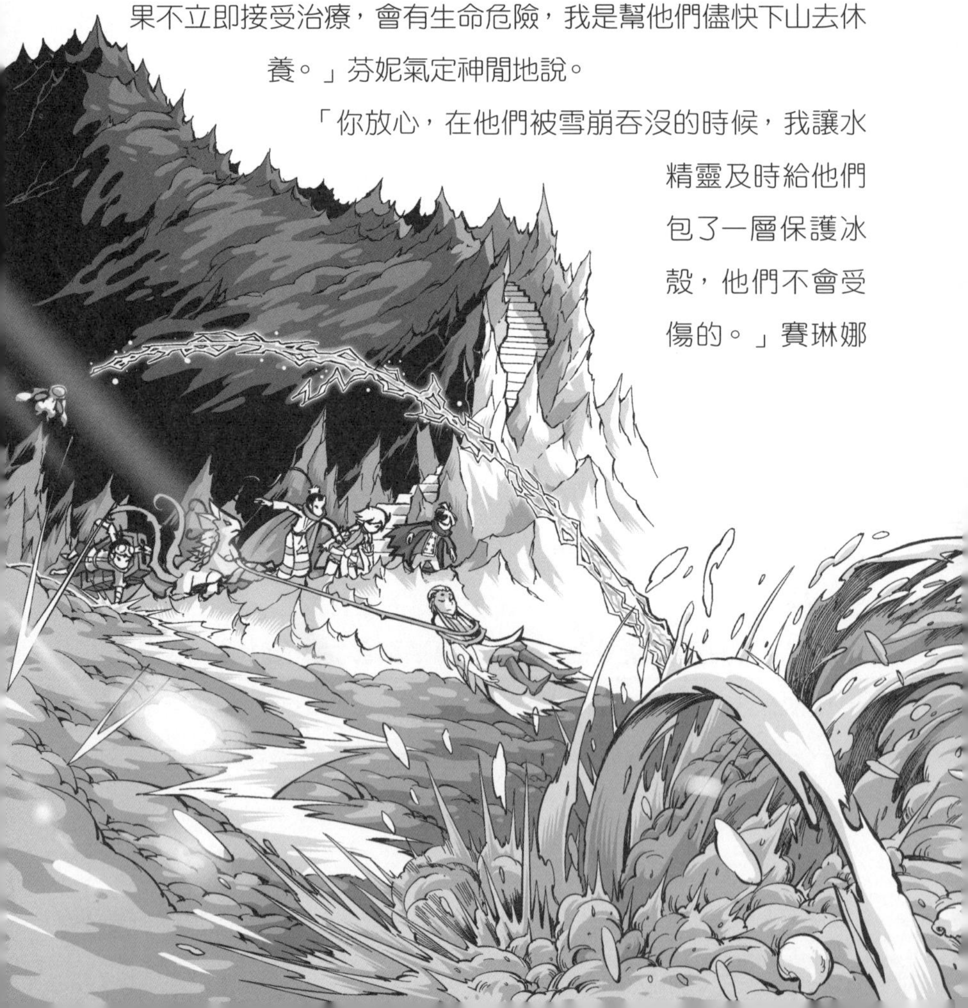

補充道，「雪崩會引起龍蚯站工作人員的注意，他們會好好照顧你的手下的。」

祖爾法無力地撒開揪着芬妮衣領的手。芬妮這樣做的確是救了他手下一命，但也不排除她是故意孤立他。

「不用太感謝我！別忘了你承諾給我的兩千萬喲。哈哈，另外，我會給你一份特別的優待當贈品！」芬妮笑瞇瞇地拍拍祖爾法的肩膀，「因為我答應了羅根舅舅，要對他的任務保密，所以關於我去青壩草原的目的，我不能告訴你。但接下來你可以努力搜集證據，來證明我不適合當德西藍家族的家主。放心，我一定積極配合你！」

祖爾法的心聲全被芬妮說出來了，他只能啞巴吃黃連，生悶氣。

餃子他們則暗暗交換眼神，他們已經被芬妮繞暈了，完全不知道她的話到底哪句是真，哪句是假了……

新世界冒險奇談

第八站 STEP.08

青壩草原盛會

MONSTER MASTER 16

吟遊詩人的歌謠

順着水精靈製造的冰路，布布路一行翻過了雪峰，大家越往下走，氣温就越宜人。不久，雪地裏露出了濕潤的泥土 ；再走一會兒，泥土中又出現了嫩綠的青草……當大家踏上青嵐大陸的地界時，第七顆啟明星剛剛升起，一望無垠的青壩草原籠罩在瑰麗的晨光中，寬廣而美麗。

「青嵐大陸共有一百三十六個國家，只有西北部的青壩草原採取的是部落自治制度。草原盛會是三年一度的大型活動，青嵐大陸的國家都會派勇士團來參加。」餃子向大家介紹道。狐狸面具下，他的眼睛狡黠地轉動着，似乎想到了甚麼。

遠處開始奏響歡騰的樂聲，三年一度的草原盛會拉開了帷幕！

布布路他們循聲來到草原盛會的會場。平坦而遼闊的草原上張燈結綵，象徵草原精神的五色旗隨風飄揚。來自青嵐大陸各個國家和部落的勇士們穿着具有民族特色的服裝，雄赳赳、氣昂昂，一副蓄勢待發的樣子。作為觀眾的男女老幼也都穿戴一新。吟遊詩人混雜在人羣中，高聲吟唱着讚美草原英雄的古老歌謠。到處歡歌笑語，人頭攢動，熱鬧非凡。

大家各自忙碌着，沒人察覺到布布路一行的到來。

在會場上晃悠了一會兒，眼尖的布布路發現了一個熟悉的背影，激動地對餃子說：「餃子，你快看，那不是戈林（詳見《怪物大師·天目族的最後之眼》）嗎？」

餃子自然知道塔拉斯的隊伍也會來，不過沒想到這次的隊長會是戈林。能領導國內一眾勇士，可見戈林的號召力和聲望應該又提高了。

當她轉過身來時，大伙兒發現戈林臉上竟戴着一張狐狸面具。不僅如此，跟在戈林身後的那些穿着塔拉斯傳統服裝的人，也都戴着各式各樣的狐狸面具。

這是怎麼回事？狐狸面具難道也是塔拉斯的傳統裝飾嗎？賽琳娜三人狐疑地看向餃子。餃子卻搖搖頭，也是一副滿腹疑惑的模樣。戴上狐狸面具只是他為了隱藏身份靈機一動想起的點子，大家為何都戴了起來呢？

「你們聽！」帝奇指向一名被諸多人追捧的吟遊詩人，他所唱的歌謠似乎很受歡迎。布布路他們也側耳諦聽，那首曲子果然不同凡響，前半段淒美婉轉，中段鏗鏘頓挫，後半段又大氣磅礴——

清風拂面，綠草蒼蒼，
黑色的大地低聲述説着永恆的死亡，
被詛咒的深井下，王族的血凝成汪洋。
可悲的祭品啊，快用身體來換取無盡的力量！
低吟咒文吧，邪惡的神等待着貪婪者的彷徨。

緋雲冉冉，韻聲悵然，
戴面具的勇士披荊斬棘，重回家鄉，
準備好劍與血，面對兇殘的神決不退讓。
掙脱亡靈的束縛，打破面具下的迷茫，
睜開吧，最後的心靈之眼！

天目炯炯，鬥志昂揚，
如洪流的千目旋渦中，廝殺的戰歌徐徐奏響。
蘇醒吧，塵封的力量！
解開心靈的枷鎖，獲得戰勝輪迴的孽障，
熾熱的光終將穿透黑暗，照亮白骨，温暖心房。

琴弦叮咚，夙願得償，

遠古的時光彼岸，夢魘消散，黑暗凋亡，

許下新的願望，夢想重新起航。

榮光的戰旗下，我高聲吟唱，

青色的季風啊，送我的歌聲萬里飄揚！萬里飄揚！

這唱詞的內容聽來異常耳熟，聽完一段，布布路他們恍然大悟，原來吟遊詩人所唱的是一首歌頌餃子的歌！

約翰和芬妮對此並不知情，祖爾法還誇張地咂嘴道：「這詞唱的是青嵐大陸上甚麼傳說的段子嗎？」

然而沒有人回答他們，曲子喚起了餃子和布布路他們的諸多回憶，一貫伶牙俐齒的餃子瞬間百感交集，感到有些神情恍惚，同伴們關心的眼神讓他心中很是感動。不過想到這首歌恐怕已經藉由這些吟遊詩人傳遍了青嵐大陸，他又有些尷尬，狐狸面具下的臉漲紅得像個番茄。

「喂，那邊幾個小鬼，讓開，觀眾不要站到比賽場地上！」一個工作人員裝扮的人朝布布路他們嚷起來。

喊聲吸引了戈林的注意力，她驚喜萬分地衝過來，一把抱住餃子：「你怎麼跑到這兒來了？」

餃子手指動了動，用只有他和戈林才懂的手勢告訴她：機密任務，不便透露。

不明所以的布布路熱心地站出來解釋：「我們是有任務在身的，任務是……嗷嗚！」

布布路話沒說完，就被大姐頭一拳捶飛。

「能在這裏見到你真是太好了！」餃子精明地眨巴着眼睛，對戈林附耳低語道，「我想請你幫個忙，麻煩你讓我們幾個掛靠在塔拉斯的勇士團名下，混入草原盛會。」

「懂了！」戈林不問緣由便一口答應，「我把領隊的位置讓給你！」

「千萬別！」餃子連忙擺手拒絕，「還是讓我好好在隊伍裏當一名低調的勇士吧。」

戈林點頭，迅速開始安排，並對剛剛的工作人員解釋道：「他們不是觀眾，是我們塔拉斯的勇士團的成員。」

聽說是大國塔拉斯的勇士，工作人員立即敬畏地行禮退開。

餃子和戈林是青梅竹馬，說話動作全都默契十足，賽琳娜他們早已習慣，見慣了世面的祖爾法反而大吃了一驚。他也曾隨父親遊歷列國，知道不管在哪個國家，高官顯貴們的圈子和排場都是相似的。沒想到，跟在芬妮身後的這羣保鏢還真有點本事，尤其是這個戴狐狸面具的居然和戈林這樣的塔拉斯高官有這麼好的交情。這說明他很可能並非平民，而是有些背景的人物。

芬妮臉上的驚訝也絲毫不比祖爾法少，在她的印象裏，餃子就是個喜歡胡說八道，個性狡詐的傢伙，沒想到塔拉斯的高官願意聽他的指揮！

一羣人中，只有約翰驚喜地說：「餃子的人脈好廣啊！」

隨後，戈林的手下拿來一堆狐狸面具，讓布布路和芬妮他們戴上，喬裝成塔拉斯的勇士。

「對了，你們現在怎麼流行起和我一樣戴狐狸面具了？」餃子藉着其他人整裝的時候，小聲對戈林耳語道。

戈林鄭重其事地盯着他看了一會兒，柔聲說：「因為長安殿下很想念你，也很重視你。他讓吟遊詩人寫詞作曲，在整個青嵐大陸傳揚你的事蹟。現在在塔拉斯，狐狸面具已經成了勇士的象徵。餃子，在人們心中，你已經是青嵐大陸上新一代的戰神了！」

想到大哥，餃子狐狸面具底下的雙眼中不禁淚光閃閃。新戰神？這稱號未免太沉重了……作為一介凡人，餃子着實覺得壓力很大。

餃子和戈林寒暄了一會兒，剛才對布布路他們亂嚷嚷的工作人員畢恭畢敬地跑了過來，通知道：「草原盛會馬上就要開始，請各位塔拉斯的勇士跟我來，準備上場參加競技！」

競技？他差點忘了勇士團來青壩草原的目的是要參加競技的，餃子心中突然有種不祥的預感。

塔拉斯 VS 尖峰部落

「嗨喲，嗨喲！」伴隨着整齊的口號聲，兩根足有一丈粗、三丈高的巨大木柱被抬進會場。木柱通體渾圓，唯獨一端削得尖尖的。

「所謂競技，就是各國和各部落的勇士團按照抽籤順序來進行切磋，以友誼賽的方式增進對彼此的瞭解。」戈林輕描淡寫地解釋道，「這兩根木柱是首場競技——倒柱賽的道具。」

「倒豬賽？」布布路和約翰眼前浮現出一羣豬倒在地上的畫面。

「倒柱賽的規則很簡單，上場的雙方分別將一根巨柱的尖端朝下豎立，在守住自己木柱直立的同時，先將對方的木柱撂倒者為贏家，雙方各派十名勇士出場。」戈林笑呵呵地對餃子說，「既然你們掛靠到塔拉斯名下了，那就做點實事吧。我們團隊中有三個人因為昨晚吃了沒全熟的烤羊腿而腹瀉不止，正好由你和布布路、帝奇頂上。請各位務必為塔拉斯爭光！」

餃子的預感應驗了，他就知道，以戈林的個性一定會物盡其用。

「隊長，這三個人能行嗎？」戈林的手下並不認識餃子，只覺得這三人明顯還是小孩子，不安地說，「我們塔拉斯在歷屆草原盛會上都表現出色，今年是您第一次帶隊參賽，可千萬別出甚麼閃失。」

「放心，這三個傢伙的實力不比我們差，」戈林拍着胸脯打包票，「有了他們三個，我們塔拉斯今年肯定會大出風頭的！」

這邊戈林話音剛落，那邊競技場上就傳來主持人激動的呼喊聲：「讓我們有請塔拉斯的勇士團入場！」

觀眾席上歡聲雷動，一些人高舉寫着「塔拉斯」的大條橫幅，另一些人揚着自製的塔拉斯國旗，看來塔拉斯的粉絲不在少數。

「走吧！」戈林扶了扶狐狸面具，昂首挺胸地帶領勇士團走進競技賽場。

「下面，讓我們再次掌聲有請這場友誼賽的另一方——尖峰部落勇士團！」主持人繼續熱情播報，可這次，觀眾席上只傳來稀稀拉拉的鼓掌聲。

從競技場的另一側，磨磨蹭蹭走進一隊人馬。布布路三人好奇地瞪大眼睛，這些人又矮又瘦，還有乾巴巴的老人家混在裏面，一副參差不齊的陣容。領隊的則是一個長得像小姑娘的黑皮膚青年，在崇尚魁梧彪悍的猛士的草原上，這些人的體形可謂袖珍，難怪不怎麼受期待。

「嘖嘖，我們的運氣真差，怎麼對上尖峰部落了？」一個想要大展身手的塔拉斯成員忍不住發起牢騷，「十年前，尖峰部落還是青壩草原上數一數二的大部落，可自從上一任首領去世，他兒子……也就是那個叫尤金的毛頭小子當上酋長後，部落就沒落了。」

這人口中的尤金就是那個長得像小姑娘般的黑皮膚青年。此刻他正在整頓陣容，他一一跟隊伍中的人握手鼓勁，鏗鏘有力地說道：「不管對手是誰，我們要做的就是全力以赴！戰勝自己，我們就是贏家！」

尤金明知道自己的隊伍處於劣勢，眼神卻無所畏懼。以弱戰強無疑需要巨大的勇氣和良好的心理素質，而能認清自己的人更是少之又少。這名叫尤金的年輕人雖然身材瘦削，氣度卻是驚人。他的話讓塔拉斯的勇士瞬間擺正了態度，不由得尊重起對手來。

如果芬妮猜得沒錯，那青年就是羅根真正屬意的繼承人——尤金！沒想到這麼快就接觸到了關鍵人物，布布路他們三人十分振奮，場外的芬妮顯然也從幾個人的口型中看出端倪，目光灼灼地盯住尤金上下打量。

叮！清脆的鈴聲響起，倒柱賽開始了！

按照塔拉斯的習慣，他們通常開局採取保守的防禦戰，摸清敵人的實力後再進攻。

尖峰部落卻截然相反。比賽一開始，尤金就留下七個老弱病殘隊員守衛巨柱，自己領着兩個看起來比布布路他們還小的少年朝塔拉斯的柱子發起衝擊。

末端尖尖的巨柱十分不穩當，必須齊心協力地撐扶才行。布布路他們嚴陣以待，緊密地圍繞在巨柱下，準備迎戰尤金。

可惜，誰也沒想到，尤金才跑出去沒多遠，身後就傳來一陣驚呼。七個老弱病殘隊員儘管使出了全力，還是沒能撐住沉重的巨柱，伴隨着一聲轟然巨響，尖峰部落的巨柱倒了！

事情發生得太快，令觀眾席上一片譁然。

「呀，想不到草原盛會的首場競技就如此具有戲劇性！」主持

人尷尬地跳出來打圓場，「塔拉斯不愧是戰神的故鄉，沒費一兵一卒就贏得了這場比賽！」

餃子慶幸地長出一口氣，布布路和帝奇卻露出遺憾的神情。這麼簡單就贏了？他們還想跟尤金好好切磋一番呢！

塔拉斯 VS 祝融部落

倒柱賽繼續進行，獲勝的塔拉斯將迎戰下一組對手。

「讓我們用熱烈的掌聲歡迎青壩草原最強盛的部落——祝融部落出場！」主持人大聲播報。

雷鳴般的掌聲中，十名打着赤膊的勇士雄赳赳、氣昂昂地走入競技場。他們全都高大強壯，為首的領隊更是渾身佈滿石頭般結實的肌肉，頭髮好像燃燒的火把，一雙鷹眼像掃視獵物般銳利地看向布布路他們。

餃子打了個激靈，忍不住暗自揣測：我不認識這個領隊吧？莫非我以前欠過他錢？

「在上一屆倒柱賽中，祝融部落以零點一秒之差輸給了塔拉斯。這一次，酋長康巴親自帶隊出馬，看來是決心一雪前恥！」主持人聲嘶力竭地喊着，「接下來這場強強對決，簡直堪稱提前決賽，究竟鹿死誰手，讓我們拭目以待！」

「噢，這個『鍋巴』大叔看起來很厲害啊，」布布路摩拳擦掌，躍躍欲試，「嘿嘿，真想和他過上兩招！」

叮！比賽的鈴聲再次響起。

「呼哈！」康巴發出一聲中氣十足的大喝。十名祝融勇士迅速兵分兩路，康巴帶領四名勇士合力撐住巨柱，另外五名勇士像脫韁的野馬般朝塔拉斯這邊衝過來。

戈林使了個眼色，帝奇和另外四名塔拉斯勇士前去堵截。

塔拉斯的勇士都是精挑細選出來的，身材和體格並不比祝融勇士遜色。帝奇混在裏頭顯得十分嬌小，不過既然是塔拉斯的勇士，觀眾們還是報以熱切的期待。

然而戰況並不如觀眾想的那般激烈，沒過幾招，帝奇和四名塔拉斯勇士竟然被祝融勇士追得滿場亂竄起來，看起來頗為狼狽。

「哈哈哈……」觀眾們哄堂大笑。

「塔拉斯的這位新領隊完全不懂戰術！」觀戰的祖爾法嗤之以鼻，「這分明是把兔子送給大野狼蹂躪！」

「你才不懂呢，」賽琳娜不客氣地白了祖爾法一眼，「你難道看不出帝奇他們是故意把五名祝融勇士引開的嗎？」

話音剛落，就見餃子、戈林和另外兩名塔拉斯勇士突然鬆開巨柱，筆直地朝敵方陣營衝去。

觀眾席爆發出驚呼。那巨柱沉重無比，至少要三名草原大漢合力才能撐住。布布路居然憑一己之力就把巨柱撐住了，簡直是怪力啊！

更讓人吃驚的是，布布路竟然還一臉輕鬆，咧開嘴給餃子他們打氣：「餃子，戈林，加油哇！」

康巴也沒料到會發生這種事，他和一名蓄着八字鬍的棕髮勇士用力撐住巨柱，派另外三名祝融勇士去迎戰餃子四人。

餃子和戈林憑藉着從小培養起的默契，施展出精湛的古武術配合招式，三下五除二就撂倒了兩個人高馬大的祝融勇士，另外一個祝融勇士也雙拳難敵四手，被戈林的兩名手下擊倒在地。

「可惡！」康巴一個箭步衝上前，想親自和餃子他們過招，可他太心急了，忘記一個人根本撐不住巨柱，他一撒手，八字鬍勇士就發出一聲慘叫，被倒下的巨柱砸暈了。

「塔拉斯再次取得了勝利！」主持人的聲音響起來，「塔拉斯的新領隊雖然年輕，實力卻不容小覷，不僅身手了得，更重要的是具有高超的戰略部署能力！」

「塔拉斯，塔拉斯，塔拉斯！」觀眾席傳來整齊劃一的吶喊聲，人們高聲讚美着塔拉斯勇士的智慧和實力，他們真不愧是戰神伊里布的傳人。

祖爾法驚訝地嘀咕：「留長辮子的傢伙認識塔拉斯高官，背棺材的小子力大無窮……芬妮的這些保鏢都是甚麼來頭？」

歡呼聲和吶喊聲讓康巴惱羞成怒。彷彿為了挽回顏面一般，他不甘心地衝向倒地的巨柱，弓背蓄力，奮力一扛，把巨柱舉了起來，洩憤般地丟向退場的塔拉斯勇士，準備攔住他們的去路。

可是被惱怒衝昏頭的他忘了巨柱實在太重了，已經超出了自己的負荷範圍，方向和軌跡也徹底失控了，巨柱在空中傾斜，竟然直直砸向了賽琳娜和芬妮所在的觀眾席。

這一幕出乎所有人的意料，誰也沒有準備。眼看大禍即將釀成，說時遲那時快，人羣中一個人影突然站了起來，猛地用雙手一推。沉重的巨柱被推離觀眾席，轟的一聲掉落在地，整片觀眾席都跟着晃了三晃。驚魂未定的人們這才看清，在關鍵時刻出手的人也是個戴狐狸面具的塔拉斯勇士！

「哦哦哦，塔拉斯勇士好勇猛！」

「噓噓噓，祝融的領隊真輸不起！」

觀眾席上的誇讚聲與叫罵聲此起彼伏，好不熱鬧。

剛剛出手的約翰倒沒意識到自己有多厲害，憨厚地關心着芬妮：「你沒事吧？」

「沒事，謝謝你！」芬妮笑笑，視線掠過競技場，瞟向坐在遠處的尤金。

祖爾法警覺地捕捉到了芬妮的目光。芬妮與其說是在觀戰，不如說是在觀察，而且從始至終，觀察的物件只有一個人。祖爾法思考着，若有所思地打量起尤金來。

差點誤傷無辜的康巴終於冷靜下來，看着把地面砸出一個大坑的巨柱，他心虛又懊惱地吞吞口水，垂頭喪氣地退場了。

這是成為怪物大師的必經之路!!!

+LOVE+DREAM+ MONSTER MASTER

尊敬的讀者：現在你跟隨布布路一起踏上了成為怪物大師的道路！向所有的困難發起挑戰吧！

【主角們的命運絲線，你能看到多少】

餃子當初為甚麼要離開他的祖國？

A. 為了尋求自由
B. 為了成為怪物大師
C. 為了賺錢
D. 為了保護哥哥

答案在本頁底部，答對得5分，你答對了嗎？

■即時話題■

餃子：我真沒想到大哥居然這麼掛念我，還讓吟遊詩人為我寫詞作曲……

戈林：是啊，長安殿下召集了一羣吟遊詩人，讓他們每人寫一首。他從中挑選三份，命人繼續修改，但始終不能達到他的心理預期，於是長安殿下親自操刀，寫成了現在傳唱的這一版。

餃子：居然是大哥親自寫的，嗚嗚嗚，我真是太感動了！

戈林：長安殿下熬了好幾夜，我勸他要注意休息，他卻說，今日我所耗費的心力，他日必然成為長生回來繼承王位的緣由之一。我不休息，我要儘快讓整個青嵐大陸的人都知道長生的事蹟！餃子，你會遵從他的心願，回塔拉斯繼承王位嗎？

餃子：我……抱歉，戈林，我只想當一個如風一樣自由灑脫的美少年啊！

戈林：算了，這次我就不做說客了，但餃子你要記得，塔拉斯和長安殿下永遠是你的歸所！

賽琳娜（對布布路和帝奇悄聲耳語）：戈林真是好人，居然沒有吐槽餃子那不靠譜至極的自我設定！

帝奇：我看是戈林早已被餃子兄弟矯情的說話腔調洗腦了！

你對主角的命運絲線瞭解多少？程度深淺，一測便知。
測試答案就在第十六部的 235 頁，不要錯過喲！

答案：D

新世界冒險奇談

第九站 STEP.09

預言之葉

MONSTER MASTER 16

天降神葉

「布魯，布魯！」

全場觀眾起立為塔拉斯的勇士們歡呼，四不像卻不安分地躥出棺材，在布布路的肩膀上狂咬亂踩起來。

一陣風吹過，蔚藍清澈的天空中突然飄落下數以千計的樹葉。

「這是甚麼呀？」布布路順手接住一片樹葉，葉片上密密麻麻地畫滿了黑色的小圈圈。

「這是回鶻文，是一種古老的草原文字。」戈林皺着眉頭翻譯起葉片上的內容——

祈福之石，奇跡之寶。化枯草為繁榮，化折翼之鳥為翱翔，化跛腳馬兒為奔騰，化戰亂紛爭為祥和。天將降災，唯得奇石者方能庇佑草原！

解讀出古文的含義，許多草原居民虔誠地雙手合十，朝天呼喊起來。

一個年逾花甲的老人顫巍巍地跪倒在地，老淚縱橫地嗚咽道：「這是預言之葉，預言之葉啊！十年了，神諭又降臨了，草原之神沒有拋棄我們！」

布布路他們十分好奇，想仔細瞧瞧這些葉子，可手中的葉子卻枯萎了，頃刻間化為烏有。

餃子帥氣地一甩長辮子，拽住一個胖乎乎的草原少女，語氣溫柔地問：「這位美麗的小姐，請問『預言之葉』是什麼意思？」

「預言之葉就是寫有天機的神葉，」胖少女羞答答地看着「玉樹臨風」狀的餃子，老實地回答，「十年以前，草原上經常

會降下這些寫有古老文字的葉子，文字的內容預示着未來。在這些葉子的幫助下，草原部落每次狩獵都能滿載而歸，每次遷徙都能找到水草豐美的地方，多次躲過兇險的野獸和致命的沼澤陷阱，所以，人們稱這些葉子是預言之葉，是草原之神降下的神諭……」

「不過……」胖少女頓了頓，面露疑惑地說，「已經有近十年，預言之葉不曾出現在人們的視野裏了。」

「噢噢噢，這薄薄的樹葉竟然如此了不起！」布布路瞪大眼睛，好奇地追問，「那這葉子上寫的『祈福之石』又是甚麼東西？應該也很了不起吧？」

「這我就不清楚了，只聽說祈福之石位於草原禁地，是不

能觸碰的寶藏。」胖少女輕聲道，「我爺爺曾給我唱過一首祖先流傳下來的歌謠 —— 草原邊緣，雪山禁地，祈福之石，災禍之源，絕不可觸，切記切記！」

「不能觸碰的災禍之源？」賽琳娜納悶地說，「可剛才的葉片上說，得到祈福之石才能化解天降的災難，這和祖先的歌謠是矛盾的啊。」

布布路他們百思不得其解，草原盛會上的人們也議論紛紛，對此產生了分歧。

「我相信預言之葉上的神諭，我們應該馬上去尋找祈福之石。」康巴抬高了嗓門，用振聾發聵的聲音呼籲道，「這些年，我們青壩草原居民的生活環境越來越艱苦了。冬日連年變長，肥沃的草原逐漸消失，糧草不足導致牛羊馬的數量銳減，族人缺衣少穿。再這樣下去，我們這些草原部落遲早會走向滅亡！」

康巴的話得到了很多草原居民的贊同。

「大家別忘了青壩草原上世代流傳的祖訓！」反對的聲音來自尖峰部落。芬妮目光灼灼地盯着說話的尤金，他身姿挺拔地站在部落最前方，與康巴針鋒相對地說，「如果我沒記錯，當年預言之葉都是在非常隱蔽的地方出現的，一次只有一兩片，可這次卻降下這麼多，還在草原盛會這樣公開的場合。難道大家不覺得十分蹊蹺嗎？要是祈福之石能拯救我們，草原之神為甚麼不早點降下神諭？我想，說不定是有人別有用心，而故意偽造預言之葉……」

說着，尤金的目光意味深長地掃視一圈，最後落到康巴臉上。

「少污蔑我！」康巴被激怒，指着尤金大罵，「你這躲在酋長位置上苟延殘喘的懦夫！你把尖峰部落領導成如今這副德行，丟盡了你父親的臉，有甚麼資格來評斷草原上的事？」

尤金訕訕地一笑，低下頭不作聲了。

祖爾法一直留意着芬妮，發現她的目光總是聚焦在尤金身上，因此他也謹慎地觀察起尤金來。這位青年年紀輕輕就當上了酋長，想必總有些能讓他脫穎而出的特質，可他前一刻還在與康巴據理力爭，下一刻就因對方的諷刺而完全敗下陣來，未免太令人失望了。

祖爾法瞇了瞇眼，心中漸漸打起了自己的算盤。

一局定輸贏的提議

尤金雖不再作聲，維護祖訓的人卻並不在少數，人們你一句我一句地爭執起來：

「預言之葉十幾年前出現過一段時間，接着就消失了，可我們青壩草原的祖訓流傳了上千年，怎麼能為了幾片來歷不明的葉子就違背祖先的意志？」

「那你說預言之葉曾經出過錯嗎？沒有吧？埋在地底下的祖先能出來告訴我們，該怎麼在嚴酷的環境中生存下去嗎？我想祖先們也不願眼睜睜看着我們這些後代子孫走向末路吧？」

「作為小部落，我們每年都爭搶不過祝融這樣的大部落，只能在貧瘠的土地苟延殘喘，族人活得生不如死。如果祈福之石能為草原帶來奇跡，我願意放手一搏！」

「呸！別說得好像我們欺負你們似的，我們祝融明明也多年沒有找到水草豐美的草原了，大家的日子一樣過得苦兮兮的！」

「瘦死的駱駝比馬大！你們再苦，也比我們這些小部落強多了……」

這場紛爭雖說是因為預言之葉和祖訓的矛盾而起，但草原各部落顯然早就積怨深重。布布路他們被夾在中間，只感覺耳畔嗡嗡作響，眼前唾沫橫飛，苦不堪言。

混亂中，一個中氣十足的聲音驚雷般炸響：「住口！」

這一嗓子原來是約翰吼的。一片寂靜中，芬妮從觀眾席裏站起來，慢條斯理地說：「如果吵架能解決問題，各位草原勇士又何必刻苦操練呢？所以，請大家都不要吵，心平氣和地聽我說一句……」

餃子和賽琳娜、帝奇暗暗對視一眼，看來芬妮並沒有忘記羅根交給她的機密任務——調解草原部落的矛盾。

「俗話說，擇日不如撞日，不如咱們把這次草原盛會當作一次選拔大賽，得勝的部落就能獲得草原禁地寶藏的支配權，成為草原之王。考慮到草原盛會不只有草原上的部落，整個青嵐大陸的各國都參加了，所以競賽繼續，但部落之間的勝負另外排名，草原之王以及寶藏支配權僅在草原各部落中誕生。不知各位意下如何？」

芬妮的說法讓草原部落的人們紛紛思考起來。其間，祖爾法忍不住多看了芬妮幾眼，沒想到這個出身市井的傢伙，在這樣的大場合的表現卻堪稱大方得體，讓他頗有些意外。雖然心裏不想承認，但祖爾法還是有了點危機意識，難道父親大人真的想讓芬妮當德西藍家族的下一任家主？而這一次任務的真正目的是給她鋪路？

「我同意！」思索片刻，康巴第一個站了出來，「我建議速戰速決，一局定輸贏，怎麼樣？」

「是啊，與其在這兒浪費唇舌，不如用實力說話！」

「就算是人口眾多、兵強馬壯的大部落，也只能派十人出戰。如何巧妙利用有限的戰力打出一場漂亮仗，才是競技賽的魅力所在。只要戰術精確，每個部落都有取勝的可能。」

「青嵐大陸上其他國家也會參與，像祝融這樣的大部落，反而會吸引塔拉斯等強國的注意力，給我們這些小部落製造機會。」

一番討論後，其他部落的首領也紛紛點頭贊同，尤金一直眉頭深鎖，不過也沒提出異議。

於是，競技賽的核心成了草原部落間的較量，其他國家僅以參與者的身份出場。

接下來的比賽項目為獵物賽。

規則為：在競技場中放出飛禽和走獸各一百隻。每支參賽隊伍派出十名勇士，勇士們可以自由挑選坐騎，在規定的時間內捕到最多獵物即為贏家。

趁着各大部落的領隊們挑選參賽人馬、部署戰術的時候，祖爾法一把拉住芬妮，質問道：「那些預言之葉是不是你搞的鬼？」

「何出此言？」芬妮一臉詫異地反問。

看到芬妮裝傻，祖爾法板着臉說：「因為把預言寫在葉子和石頭之類的東西上，並且讓它們消失得不留痕跡，這很像是我父親的作風！我猜，去挖雪山禁地的寶藏，就是我父親交代給你的任務！」

「抱歉，無可奉告。」芬妮皮笑肉不笑地說，「請你繼續努力，靠自己的本事挖掘出真相才更有意義。」

祖爾法正要發火，戈林走過來笑吟吟地說：「我們塔拉斯已經贏了兩場了。接下來只是以陪襯的身份參加競技。輸贏都無所謂，有興趣的人就跟我一起參加吧！」

其實，沒等戈林開口，布布路早就拉着三名同伴躍躍欲試地站進參賽隊伍中了。約翰小跑到芬妮面前，充滿期待地問：「芬妮，我們也參加好嗎？」

「我正有此意！」芬妮點點頭。

「那我也要上！」祖爾法立馬搶過一名塔拉斯勇士的馬，賭氣地朝芬妮示威，「反正我是不會放鬆對你的監視的！」

趁着祖爾法和那匹受驚的馬對抗的時候，餃子湊到芬妮身邊，精明地眨巴着眼睛，問：「芬妮，你參加競技賽，是不是打算暗中幫助尤金登上草原之王的寶座？」

「你想太多了，」芬妮看了餃子一眼，假笑着說，「我只想完成任務，拿到賞金，談不上要幫誰。」

塔拉斯的壓倒性優勢

比賽很快開始了！參賽者們駕馭着各種千奇百怪的坐騎入場，讓布布路他們大開眼界。

「哇！有駿馬，有戰狼，甚至還有龐大的草原重蹄獸……」賽琳娜騎上一匹陸行鳥入場了。與此同時，競技場一側的柵欄門打開，一百隻飛禽和一百隻走獸奪門而出，參賽者們立刻追了上去。草原大地頓時有如雷鳴般震動起來，觀眾席中掌聲、歡呼聲不絕於耳，場面蔚為壯觀。

幾百名勇士中，只有布布路一人沒有坐騎，靠雙腳在場內追逐着飛禽走獸，不過，布布路的速度絲毫不遜於別人，只見他把四不像頂在頭頂，雙手把用鐵鍊拴着的金盾棺材掄得呼呼生風，邊跑邊呼呼哈哈大叫。

「布魯，布魯，噗噗噗 ——」四不像高高端坐，跟着布布路的節奏，仰天噴出一團團紫紅色的雷光球。那些雷光球散落在四處狂奔的羚羊羣中，沒一會兒工夫就把幾十隻羚羊給電暈了。

嗶嗶 —— 裁判氣沖沖地舉着黃牌衝進場，警告布布路不許在比賽中使用怪物。

布布路被訓得垂頭喪氣，四不像不服氣，齜牙咧嘴噴了裁判一臉口水，亢奮地朝羚羊羣撲去。眼看着裁判就要掏出強制離場的紅牌，布布路趕緊以最快的速度追上四不像，把它鎖進棺材裏。

在倒柱賽中負責當誘餌的帝奇也遇到麻煩，一隊騎着草原叫驢的勇士拉滿手中的長弓，射出的箭卻不瞄準獵物，而是精確地鎖定帝奇！

這是一個小國的隊伍，看來是故意找碴兒，估計是尋思着既然在草原盛會中出不了風頭，就拿下個塔拉斯的勇士耍耍威風。而柿子當然是撿軟的捏，他們就選中了身材瘦小，上一場比賽中又沒展現甚麼實力的帝奇。

嗖——箭影閃過，卻沒射中目標。

那伙人定睛一看，只見馬匹衝着他們奔騰而來，馬背上卻空蕩蕩的。

「哈哈哈，那小子還真是個弱菜頭！一定是嚇得落馬了！」那伙人不禁得意起來，哪料到幾道銀光突然迎面襲來，讓他們措手不及。他們亂了陣腳，從草原叫驢上掉落，摔了個四仰八叉。

正在他們疼得嗷嗷叫時，頭頂上方出現了一道黑影擋住了陽光，只見帝奇端端正正地坐在馬背上，居

高臨下地俯瞰着他們，一字一頓地說：「笨蛋！」

那夥人氣得七竅生煙，顧不得屁股彷彿裂成兩半的疼痛，紛紛一躍而起，跨上草原叫驢，叫囂着要教訓這個囂張的臭小子。

「嗷嗚——」一聲哀號從那伙人背後傳來，驚得他們寒毛倒豎。回頭一看，不遠處有頭幽殤饕被釘在地上，前腿上插着一把飛刀，赤紅的雙眼惡狠狠地瞪着帝奇，白森森的尖牙用力碾磨着。

幽殤饕是草原上最兇猛的動物之一，也是歷屆草原盛會最難捕獵的動物，它甚麼時候被這個小個子打倒了？那伙人大吃一驚的同時，裁判舉旗，

說明這頭幽殤鸖是屬於塔拉斯團隊的獵物。

帝奇揚長而去，那伙人回過神來，要追上去繼續找麻煩，卻被他們所在部落的酋長大聲喝止：「你們幾個蠢貨不要再丟人現眼！對方可不是好惹的！」

那伙人還不甘願挨訓，但當他們在酋長的指示下，看清楚插在幽殤鸖腿上的那把飛刀時，頓時齊齊倒抽一口冷氣，失聲驚呼道：「天哪，這是雷頓家族的族徽！」

酋長瞪着他們，恨鐵不成鋼地罵道：「在你們得意地襲擊人家的時候，你們背後這頭幽殤鸖正準備偷襲你們。那少年不僅靈活地從馬背上翻到馬肚下，躲過了你們射出的箭，還及時出手擊倒了那頭幽殤鸖，要不然你們中必會有人血濺當場！」

那伙人聽完之後，害怕地抹着額頭上滲出的冷汗，望着帝奇遠去的背影，內心五味雜陳。

觀眾席上的芬妮沒有錯過這一幕。看到雷頓家族的族徽時，她心中的詫異絲毫不遜於這些人，沒想到這個三白眼豆丁小子竟然是雷頓家族的人。

祖爾法也小聲念叨道：「不久前聽說獵霸令重現江湖，賞金王雷頓家族的新繼承人丟下家業去當怪物大師預備生，引發各界譁然……莫非那位神祕的繼承人就是他？」

想到這裏，祖爾法看芬妮的眼神也不由得有些變了，看來她帶來的這羣保鏢恐怕都不簡單！

「哇呀呀！噦……」一陣令人毛骨悚然的嘔吐聲在祖爾法身後飄過。

戈林騎馬載着餃子，餃子雖一路嘔吐，卻堅強地抱着一張弓。只見他暈乎乎地拉滿弓弦，在顛簸的馬背上狂魔亂舞般朝天射出三箭。

前面的戈林會心一笑，猛拉韁繩，駿馬揚蹄嘶鳴，與他們並肩奔逃的大角鹿應聲翻倒一大串！

原來餃子看似亂射的三箭，全都不偏不倚地落在大角鹿前進的道路上，對於突然出現的障礙物，受驚狂奔的大角鹿避之不及，一隻接一隻地連環相撞，形成了多米諾骨牌般的效果。

「收網！」沒等大角鹿爬起來，賽琳娜和一個塔拉斯勇士一左一右地騎馬奔來，兩人手中合力兜着一張結實的大網，將十幾隻大角鹿一網打盡。

「哼哼哈嘿！」在芬妮身後，約翰剛剛摺倒一隻三米高的巨熊，正用熊的鬃毛擦汗。

飛禽和走獸們沒命狂奔，幾百名勇士追得如火如荼，場下的觀眾們看得驚心動魄，不過，大家總覺得哪裏不太對勁……塔拉斯的勇士們是不是太搶戲了？這些戴着狐狸面具的傢伙要是把獵物都打光了，草原部落還怎麼分輸贏啊？

新世界冒險奇談

第十站 STEP.10

尖峰部落的逆襲

MONSTER MASTER 16

覺醒的尤金

塔拉斯勇士團在獵物賽中大顯身手，戰得不亦樂乎。

大家戰意正酣，突然，芬妮面色大變，調轉了馬頭，並朝扛着巨熊的約翰驚慌地大喊：「約翰！跟我來！」

聽見芬妮的呼喚，約翰立刻將巨熊隨手一扔，翻身上馬，和芬妮一起策馬狂奔起來。他們前方追着野兔的尤金不知為何好像失去了意識般，身子歪歪斜斜地在馬上搖晃起來，眼看就要頭朝下從馬背上跌落了。

還差二十米——可惡，來不及了，尤金這一摔，非把脖子扭斷不可！芬妮的額頭冒出豆大的冷汗。

千鈞一髮之際，一個人影閃過，驚險地接住了尤金。

是布布路！為了把四不像鎖進棺材，布布路被弄得滿頭包。正重整旗鼓想要抓幾隻野兔，結果野兔沒抓着，倒救了尤金一命。

「布布路，多謝了！」約翰豎起大拇指，「你的速度真快！」

布布路齜牙衝約翰笑了笑，小心地把尤金橫放在地。尤金的模樣十分古怪，雙目緊閉，不過眼珠子卻一直在眼皮下亂轉，額頭上冒出大顆的冷汗，看起來似乎正陷入恐怖的夢魘中。

布布路擔心地問：「他這是甚麼疾病發作了嗎？」

「我看看！」芬妮蹲下身，端詳着尤金。他呼吸均勻，臉色正常，看起來並不像是生病的樣子，於是芬妮開始用力拍他臉頰，掐他人中。那力道讓布布路和約翰同時害怕地雙手捧住下巴，覺得腮幫子莫名有股酸疼的感覺。

一番折騰後，尤金總算睜開眼睛，像條脫水的魚兒般虛弱無力。

「你沒事吧？」看着尤金紅腫的雙頰，布布路心有餘悸地問。

「沒……沒事，謝謝你們。」尤金的瞳仁漸漸恢復了神采。突然他神情一凜，彷彿突然想起來了甚麼，匆匆道謝後便火燒屁股般翻身上馬，疾馳而去。

布布路嚇了一跳，側頭一看，旁邊的約翰眼中閃着同情的淚光，歎道：「唉，芬妮下手太重，尤金一定是被打怕了。」

唯有芬妮若有所思地望着尤金策馬而去的背影，尤金似乎和之前不一樣了，他眼中不再有隱忍和猶豫，變得執着並充滿鬥志。

緩緩跟在芬妮身後而來的祖爾法也沒錯過尤金的神情變化，他心中產生了強烈的預感，自己正在越來越接近羅根所佈置的任務真相。

不知不覺中，獵物賽的時間過去了大半，場上的比分仍是塔拉斯遙遙領先，祝融部落排名第二……

這一邊，歸來的尤金將尖峰部落的隊員集合起來，交談了幾分鐘，病懨懨的尖峰勇士團瞬間士氣大振。他們按照年齡兵分兩路，幾個年老的就地取材，利用場地內的土石和植物，迅速設置出一個個簡易卻巧妙的陷阱。尤金則帶領幾個年幼的騎馬揚鞭，製造出各種惟妙惟肖的鳥獸聲，將獵物誘入陷阱。

尖峰部落在所有參賽隊伍中頗顯弱勢，誰都沒想到他們居然會突然逆襲。

只是一會兒時間，尖峰部落的排名就迅速上升，令人咋舌。

「噢噢噢，尤金真厲害！尖峰部落成員之間的配合真是默契！」布布路拍着手讚歎。

「哇，他們每次都能把獵物引到陷阱裏，一次都沒失過手！」約翰完全被尖峰部落出神入化的捕獵技術吸引，看得目不轉睛。

餃子在馬背上被顛得死去活來的時候，也沒忘記留意尤金這邊的動向。雖說尤金把老年人的狩獵經驗和年輕人的模仿能力充分結合起來，因此誘捕到了大批的飛禽走獸……但只是這樣並不足以取勝。尖峰部落獵捕動物的速度之所以呈幾何級數增長，真正的原因是尤金連其他部落鎖定的獵物逃跑的方向和路徑都算準了。一時之間，各部落追捕的獵物彷彿自投羅網般衝進了尖峰部落的陷阱。

這顯然不對勁！餃子瞇起眼睛，暗暗用額頭上的天目進行感應，然而並沒發現甚麼。受驚的獵物的奔跑方向完全沒有邏輯，雖然其中會有幾隻偶爾撞在一起，但尖峰部落的陷阱設置得太精確了，簡直就好像他們早就知道獵物會朝哪個方向跑，所以在每隻動物必經的路口都設好了陷阱守株待兔。

如果尤金是擁有命運編織者能力的人，那他似乎就能做到這一點。

這一刻，站在不同角度的餃子和芬妮心中生出了同樣的想法，只是想要百分百確認，就還需要搜集更多的證據。

「卑鄙的傢伙！」這時，一聲粗吼傳來，原來是祝融部落一連被尖峰部落截走數隻獵物，性急的康巴怒火中燒，用力一踢馬屁股，揚起粗壯的馬鞭就朝尤金甩去。

「尤金，當心啊！」布布路和約翰齊聲驚呼。

尤金猛拉韁繩往後退，可沒退幾步，他卻奇怪地停住了。

啪！馬鞭重重地抽過來，尤金應聲落馬，不過這一次，他靈活地就地滾了兩圈，站起來時除了臉上留下一道鞭痕外，其他地方毫髮無傷。

「呼……」布布路和約翰鬆了一口氣，尤金沒那麼弱嘛！不過他剛才明明能躲過鞭子，為甚麼突然停下來呢？

馬背上的大亂鬥

粗神經的布布路和約翰並沒有注意到，祖爾法正呆若木雞地僵立在尤金身後，數秒鐘前他正全神貫注地拉弓瞄準一隻禿鷹，完全沒留意康巴朝尤金揮起鞭子。

如果尤金繼續往後躲，鞭子就會抽到祖爾法身上。觀眾席上有人注意到了康巴的行為，朝他發出不滿的噓聲。

這讓祖爾法意識到，尤金是為了保護他才挨了一鞭子而翻身落馬的。一想到來到草原這短短一天，竟然數次淪落到要靠別人來救，他就覺得血氣上湧。祖爾法將身下戰馬橫在康巴面前，冷哼道：「剛才用木柱丟觀眾，現在不好好捕獵卻來傷人，這就是祝融部落的勇士之道嗎？」

「你侮辱我們部落？」康巴正在氣頭上，哪經得起祖爾法的挑釁？一張古銅色的臉漲得通紅，怒氣前所未有地高漲，他猛地揮舞着短棒，劈頭蓋臉地朝祖爾法打去。

「等等！」戈林急忙一夾馬腹，弓背彎腰地衝上前拉架。祖爾法畢竟戴着狐狸面具，此時此刻算是塔拉斯的人，長安這樣崇尚和平的國王，一定不希望和祝融部落結仇。

「嘰——」突然的加速讓戈林身後的餃子險些把五臟六腑都吐出來，他抱緊戈林的腰，拼命調動意志力，把翻江倒海的嘔吐物往下吞咽，喉嚨裏發出令人毛骨悚然的咕嚕聲。

祖爾法和康巴被餃子吸引了注意力，停下了手中的動作，心想，這個長辮子傢伙也太噁心了吧？

「康巴酋長，塔拉斯跟祝融部落一向關係友好。我的手下魯莽，希望你不要介意。」戈林耐心地對康巴說。

「別過來，離我遠一點！」康巴像見鬼一樣看着戈林身後的餃子，警告地揚起馬鞭。

戈林的坐騎被康巴揚鞭的動作嚇了一跳，前蹄驟然高高抬起。

「呃！」戈林一驚，倉促地拽緊韁繩，冷不防腰間一鬆。

「媽呀 ——」餃子的注意力全都集中到抑制嘔吐這件事上，手上一個沒抓穩，慘叫着被甩下馬背，綿軟的身體在半空中翻滾了好幾圈，最後還是踉踉蹌蹌地跟大地來了個親密接觸……

餃子的頭插進草地裏，屁股高高地撅着，姿勢十分狼狽。觀眾席上爆發出哄堂大笑，競技場上的勇士們也紛紛看過來，一個個忍俊不禁。

「幸好競技場是草地，泥土比較鬆軟，否則這一摔非得毀容不可……」餃子絮絮叨叨地自我安慰着，哆哆嗦嗦地從地上爬起來。

可當餃子站直後，競技場上的嘲笑聲和各種雜訊卻瞬間消失了，人們收起了戲謔的笑容，原本熱烈而喧鬧的氣氛被莊嚴而凝重的安靜所取代。

所有人的目光都集中到餃子身上，一雙雙眼中充滿了尊敬、畏懼、膜拜之情。

餃子感覺情況不太對，他小心地環顧四周，看看身邊是不是危險，又摸摸自己的身體，確認自己沒有缺胳膊少腿，最後詢問般地看向同伴們 ——

約翰和芬妮驚訝得嘴巴能塞下雞蛋；祖爾法的雙眼幾乎要跳出眼眶；賽琳娜和帝奇面露尷尬；戈林一副頭疼的表情；布布路緩緩地伸出一根手指，指了指餃子腳底下。

餃子恍然低下頭，心裏咯噔一聲——青翠碧綠的草地上靜靜躺着他的狐狸面具……

引發騷亂的「青嵐戰神」

餃子無意中墜馬，把臉上的狐狸面具摔掉了，露出額頭上的第三隻眼。

那正是傳說中天目族一千隻眼睛融合而成的第三隻眼，此刻那隻眼睛赫然睜開，發出炙熱的靈光，讓四周的空氣都輕微地振動起來。

參加草原盛會的人們全都驚呆了，頃刻間，以餃子為中心，人羣就像平靜的水面被石子激蕩出了漣漪，一圈圈擴散着跪倒在地，此起彼伏地呼喊起來——

「參見青嵐戰神，參見長生殿下！」

不一會兒，目力所及之處的人們全都虔誠地朝餃子行跪拜大禮，連康巴也絲毫不敢怠慢，連滾帶爬地翻身下馬，跪倒在地。

布布路一伙以石化的姿態突兀地僵立在原地。

約翰、芬妮和祖爾法徹底找不着北了，他們頂多認為餃子和塔拉斯的領隊戈林有私交，萬萬沒想到這傢伙就是近期聞名青嵐大陸的天目戰神。

望着黑壓壓跪倒一地的人，從沒見過這種陣仗的餃子不禁暈頭轉向，連兩隻手都不知道怎麼擺了。

「長生殿下！」戈林鄭重地撿起掉落在地的狐狸面具，敬畏地用雙手呈送到餃子面前。

餃子如夢方醒地接過面具，重新戴回臉上，清了清喉嚨，對人羣說：「大家無須行此大禮，都起身吧！」

戈林站起身的同時拔出腰間的佩劍，高高舉過頭頂，大喊：「青嵐戰神萬歲！」

人們紛紛從地上站起來，高舉手中的武器，隨着戈林的口號齊聲呼喊起來：「青嵐戰神萬歲，青嵐戰神萬歲！」

羣情激昂的口號響徹草原。

由於接二連三地被布布路一伙驚嚇，芬妮、約翰和祖爾法

有了一定的免疫力。他們很快恢復了冷靜，但仍忍不住用異樣的眼光打量起布布路和賽琳娜，暗暗猜想，一個是背棺材的大力士，另一個是豪爽的女賽車手，他們的真實身份又是何方神聖呢？

康巴一改毛躁魯莽的個性，紅着臉走到餃子面前，用無比崇拜的語氣說：「我真是有眼無珠，竟然對您動粗，還對貴國的勇士團無禮，請您原諒我……實不相瞞，在聽了您的事蹟後，我感動得哭了好幾場，您小小年紀就忍辱負重，獨自在外流亡，受了那麼多苦卻從不抱怨……在我心中，您才是鐵骨錚錚的漢子……雖然您不說，但我還是猜到了，您一定是被人陷害，才再次離開塔拉斯，被迫去當甚麼怪物大師預備生的。像您這樣了不起的人，不能當塔拉斯的國王，我真替您感到不平……」

布布路他們渾身冒出雞皮疙瘩，原來康巴這個膀大腰圓的草原漢子是餃子的忠實粉絲，而且還是那種喜歡編故事的腦殘粉……

對青嵐戰神的膜拜儀式足足進行了一個多小時，最後在餃子本人的再三要求下，人羣才依依不捨地散開，繼續進行被中斷的獵物賽。

這一次，康巴不再意氣用事，而是努力地在餃子面前表現自己的勇猛和機智。尤金也毫不示弱，率領族人奮起追趕……

比賽結束後，由裁判清點獵物，結果是：塔拉斯獵到了一百多隻飛禽走獸，排在第一，另外有兩個草原部落都獵到了三十隻獵物，並列第二。

這兩個部落正是康巴率領的祝融部落，以及尤金領導的尖峰部落。

【主角們的命運絲線，你能看到多少】

當初餃子獲得第三隻眼的地點在哪裏？

A. 時之塚
B. 世透廟
C. 影王村
D. 黑暗聖井

答案在本頁底部，答對得5分，你答對了嗎？

■即時話題■

餃子：我的天，那個約翰居然徒手撂倒了一隻三米高的巨熊！不知道他和布布路誰力氣比較大？

帝奇：布布路吧？

賽琳娜：豆丁小子，你怎麼那麼確定？

帝奇：因為布布路有主角光環！

賽琳娜：你說得好有道理！不過關於這本書的配角設定，芬妮能說會道；約翰力大無窮；祖爾法目前除了「傲嬌」，感覺沒被作者安排甚麼特殊才華啊？

帝奇：你忘了，除了「傲嬌」，他還有「顏值」！這就夠了！

餃子：帝奇，你又「真相」了！

你對主角的命運絲線瞭解多少？程度深淺，一測便知。
測試答案就在第十六部的 235 頁，不要錯過喲！

MONSTER MASTER +LOVE & DREAMS+

這是成為怪物大師的必經之路!!!

尊敬的讀者：現在你跟隨布布路一起踏上了成為怪物大師的道路！向所有的困難發起挑戰吧！

新世界冒險奇談

第十一站 STEP.11

草原之王的誕生

MONSTER MASTER 16

一對一的加場賽

獵物賽的結果是祝融部落和尖峰部落不分伯仲，這可麻煩了，因為在是否挖掘祈福之石的問題上，康巴和尤金的立場截然相對。

不過這回人們沒有爭吵，而是齊刷刷地看向餃子，等待青嵐戰神做裁決。

「出現這樣的結果真是令人頭疼，」眾目睽睽之下，餃子只能硬着頭皮發言，「既然無法一局定輸贏，那就只能追加一場比賽了。」

「乾脆就來場一對一的對決！」一直忠實跟隨在康巴身後的八字鬍漢子突然跳出來，指着競技場上的擂台，大聲說，「就讓兩個部落的酋長打一場好了，誰先把對手打下擂台，誰就是草原之王！」

「玉木，別多嘴！」康巴立馬朝八字鬍漢子吼道，「那種乳臭未乾的傢伙不配當我的對手，贏了他算甚麼光榮？」

布布路他們也難得地認同康巴，尤金根本不是康巴這種大塊頭的對手。

沒想到尤金默默地穿過人羣，徑直走到擂台中央，筆挺地站着，用一種決然的目光望着康巴。

雖然尤金靜默無言，眾人卻體會到了一種超越任何語言的挑釁，更何況是康巴。

「臭小子，既然你這麼不自量力，我就成全你！」康巴也翻身躍上擂台。

「我可以代替尤金出戰嗎？」布布路沒眼力見地跳了出來，他的三個同伴在心裏重重地歎了口氣。

「攔住他！」芬妮一聲令下，約翰蠻牛一般撲上去，把布布路拖了回來。

布布路被約翰壓趴在地，艱難地發出疑問：「難道要眼睜睜看着尤金被康巴打扁嗎？」

芬妮沉着地回答：「我不覺得尤金是個意氣用事的人，他一定有自己的打算。而且別忘了，我們是來做任務的，不是來偏祖弱者的！」

芬妮的立場雖無情，但很有道理。餃子三人也露出贊同的神情，布布路只好耐住性子，靜觀其變。倒是祖爾法緊緊地抿着嘴巴，不知在想甚麼。

「一對一的加場擂台賽，現在開始！」主持人的話音剛落，康巴的拳頭就對準尤金的鼻子打過去。

一片驚呼聲中，尤金的頭微微向右一閃，鼻尖幾乎擦着康巴的拳頭躲開了。與此同時，尤金的膝蓋順勢一屈，整個人霎時矮下去幾寸，一道拳風迅速掠過他的頭頂。

「哇！」賽琳娜錯愕地揉揉眼睛。這一切發生得太快了，她還沒看清康巴的第二拳，尤金就躲了過去。

康巴眼中也閃過一抹驚訝的神情，但他很快鎮定下來，密集的拳頭如雨般襲向尤金。尤金瘦弱的身影靈活地閃躲起來，只見他忽而彎腰，忽而屈膝，忽而就勢翻滾，每一次都讓康巴的拳頭落空……

比賽時間不知不覺過去了一半，競技場內一片肅靜，所有人都目不轉睛地望着小小的擂台。擂台上，康巴依舊佔據主動，尤金依然被動閃避。但值得注意的是，相比康巴用盡全力的一拳又一拳，尤金的動作顯得很隨意，看起來毫無力道，甚至偶爾會出現手腳不協調的狀態，完全不像有任何武術功底的人。

像尤金這麼弱的對手，康巴為

甚麼不能迅速把他撂倒呢？那些支持康巴的人漸漸流露出焦灼的神態。

「康巴的速度和力量都很強，不過尤金的閃避速度更快！」布布路對比賽細節看得非常準確。

帝奇點點頭，贊同布布路的判斷。

「康巴雖然勇猛，但體力消耗也很大，如果不能迅速取勝，遲早會陷入被動。」餃子漸漸看出門道，低聲給同伴們分析起來，「反過來，尤金一直表現隨意，這樣就有效地保存了體力……但這不是重點，重點是他驚人的判斷力。我感覺，康巴的一招一式都在尤金的預料之中，康巴完全是在被尤金牽着鼻子走。照這個趨勢發展下去，不出十分鐘，康巴就會體力耗盡而敗！」

芬妮、約翰和祖爾法聽着布布路四人的交流，一方面詫異於他們能做出如此精準的分析，另一方面又自我安慰般想到，既然餃子是青嵐戰神，這也沒甚麼好奇怪的。三人此時的心思出奇地一致：嗯，要淡定！

意料之外的落敗

不出餃子所料，熟悉了康巴招式套路的尤金漸漸開始佔據主動。落入下風的康巴又犯了心浮氣躁的老毛病，他不能忍受自己會被尤金這樣瘦弱的傢伙打敗的屈辱，心急之下，出拳越發淩亂，喉嚨中發出含糊不清的嗚咽。

「看來比賽快結束了，」賽琳娜歎了口氣，感慨地說，「康巴這個人倒沒甚麼壞心眼，就是個性急躁了些。」

「我看他是做事不用腦子！」祖爾法挖苦道，他顯然還在因之前與康巴之間的衝突而記恨康巴。

場上的戰況一目了然，尤金正不動聲色地移動着腳步，將自亂陣腳的康巴一步步引向擂台邊緣……只要再加以引誘，康巴就會自己失足踏空，墜下擂台。

就在這時，擂台突然一震，尤金腳下的台面轟地崩翹

起來一塊兒，而他的注意力一直都放在康巴身上，此刻腳下的意外讓他分了心。

康巴趁勢飛身躍起，左拳同時出擊，用力搗向尤金的胸口。

「呃！」尤金躲閃不及，悶哼一聲，一頭栽下擂台。

主持人激動地跳上擂台，高高舉起康巴的手：「將對手打下擂台即為勝利，恭喜康巴成為青壩草原的草原之王！」

「真是天助我也！」康巴興奮得放聲大笑，「我一定會讓青壩草原的居民過上好日子，祈福之石我挖定了！」

「草原之王萬歲，草原之王萬歲！」在八字鬍漢子的帶領下，康巴的支持者齊聲歡呼，堅守祖訓的人們只能願賭服輸。

尤金用了好一會兒才顫巍巍地從地上爬起來。布布路他們忙衝過去查看他的傷勢，幸好康巴的目的是把尤金推下擂台，並不是取他的性命，所以尤金只是胸口青了一塊，沒有生命危險。

尤金呆呆地站在擂台下，眼神複雜地望着被人羣簇擁的康巴。

餃子裝作不經意地在擂台邊觀察了一番，面色凝重地回到同伴們身邊，沉吟道：「擂台上的磚塊有被腐蝕的痕跡，似乎是被人動過手腳。」

「難道是康巴為了當草原之王而陷害尤金？」賽琳娜十分困惑，她覺得康巴雖然衝動暴躁，卻並不像暗中使詐的人。

「磚塊被腐蝕說明不了甚麼，我們還需要確鑿的證據。」

帝奇冷靜地說。

芬妮狡黠地眨眨眼，對尤金說：「放心，這件事塔拉斯一定會調查清楚。是否有人暗中搞鬼，還有預言之葉和祈福之石的事，塔拉斯和青嵐戰神也不會袖手旁觀的……」

「對吧？」芬妮說着用手肘撞了撞戈林和餃子，一副跟他們很熟絡的樣子。

尤金卻彷彿沒有聽到芬妮所說的話，心事重重地捂着胸口，慢慢走回尖峰部落的營地。

「嘖嘖，像你這種無利不起早的人，會對別人的事這麼熱心？」祖爾法忍不住奚落芬妮，但他眼中也冒出一絲精明的亮光，刻意壓低聲音，附耳對芬妮說，「我曾聽人說，當年羅曼姑姑正是嫁到青壩草原的某個部落，莫非尤金是羅曼姑姑的兒子、我們的表弟？更湊巧的話，還是個能看見命運絲線的能力者？」

「既然你已經有了自己的結論，何必特意問我，反正就算我說了，你也不會信的，對吧？」芬妮皮笑肉不笑地答道，一副擺明「就是不告訴你」的樣子。

祖爾法憋屈地乾瞪眼，拿芬妮一點兒辦法也沒有。

貴賓宴上的詛咒

夕陽西下，熱火朝天的草原盛會落下帷幕，參與盛會的國家各自在青壩草原上安營紮寨，準備休息一晚再返程。

戈林很想和餃子好好敘敘舊，可怪物大師管理協會的高層明天要訪問塔拉斯，她不得不連夜動身趕回去協助長安。

臨走前，戈林不放心地問餃子：「我留幾個手下保護你吧？」

「你的心意我領了。」餃子婉言謝絕，「夜路危險，你多帶幾個人在身邊，我和大哥才能放心。而且……」

餃子話沒說完，心想長安個性執拗，要是得知他在青嵐大陸，恐怕又要強迫他回塔拉斯繼承王位了……餃子雖然偶爾會以王子自居，但內心深處還是更希望做一個風一樣的自由少年。老實說，國王那種費力不討好的工作，還是讓大哥那樣的勞模去做比較好……

戈林心領神會地點點頭，跟餃子擁抱告別後，便帶着塔拉斯的大部隊消失在夜色中。

餃子發出悵然若失的歎息，但等他轉過頭，卻聽到布布路無比認真地詢問說：「咱們今晚吃甚麼？住哪兒啊？」

餃子頓時腦袋卡殼，萬萬沒想到自己居然有被布布路問住的一天。

其他人一時間也答不上來，畢竟他們這一天鬥智鬥勇，哪兒有精力思考晚上的事？

這時，幾個祝融部落的人畢恭畢敬地走過來。

「我們的首領剛成為草原之王，正接受各大部落的祝賀，一時無法脫身。特派我們前來邀請，希望祝融部落能有這個榮幸，款待青嵐戰神和您的手下。」

「一會兒是芬妮的保鏢，一會兒又成了青嵐戰神的手下，我們的身份還真多。」帝奇翻着白眼哼道。

「太好了，看來我們的晚餐和住宿都解決了。」芬妮率先朝祝融部落的營地走去。

「可是我們不是要幫尤金嗎？怎麼能接受康巴的邀請呢？」布布路跟上芬妮，困惑地問。

「幫忙也要填飽肚子啊，」芬妮順口說道，「而且你剛才沒見尤金被打下擂台後的表情嗎？」

布布路滿頭問號：「甚麼表情？」

「笨蛋，尤金爬起來後，臉上分明是『我絕不會甘休』的表情。」祖爾法搶着說，「你就放心等着吧，尤金一定會主動採取行動的。」

「對，尤金的目的無非是阻止康巴前往草原禁地，所以我們跟着康巴，就和跟着尤金一樣。」芬妮附和道。

餃子和賽琳娜、帝奇相互看看，芬妮和祖爾法一唱一和的，真是越來越合拍了！

說話間，大伙兒來到了康巴的氈帳前。

所謂的氈帳，是先用韌性良好的木條編成半圓形的支架，再用兩三層的羊毛氈圍裹，最後用馬鬃或牛毛搓成的繩子捆綁而成，可自由地在羊毛氈上開設門窗，方便通風和採光。氈帳的搭建和拆卸十分方便，最適合經常遷徙的草原部落。各個部落會在羊毛氈上繡上部落的圖騰，配上七彩的布條裝飾，氈帳頂部也可懸掛各氏族的旗幟。

康巴的氈帳十分大氣，帳頂懸掛着「草原之王」的七彩橫幅，煞是威風。

「歡迎青嵐戰神！」康巴掀開門簾，熱情地將餃子一行請進氈帳。帳內擺放着兩列長長的餐桌，桌上扣着大大小小的銀製保温罩，香氣撲鼻。

大伙兒的肚子不爭氣地咕嚕咕嚕叫起來。被奉為上賓的餃

子坐上首座，布布路他們依次落座左席，康巴和祝融部落的長老正襟危坐，陪在右席。

「請慢用！」康巴滿臉堆笑地說。侍從們忙上前將保溫罩揭開。

揭開的蓋子下，除了一盤盤珍饈佳餚之外，還有一片片寫着回鶻文的葉子。

一名長老顫聲翻譯出葉片上的內容 ——

妄動祈福之石者，必遭天譴！天空將落下火雨，大地將化為血池，草原必將生靈塗炭！

擅自行動的玉木

氈帳內頓時一片靜默，眾人都望着餐盤內迅速枯萎的預言之葉。

「天譴，生靈塗炭？」賽琳娜感歎地說，「這哪裏是預言，分明是詛咒！」

「這葉子上的預言和草原大會上的截然不同。既然是預

言，怎麼會前後矛盾呢？」餃子趕緊對康巴說，「看來事有蹊蹺啊。康巴酋長，我建議你向各大部落發出公告，推遲向草原禁地進發的行動。」

「好，我這就去辦！」康巴聽話地站起來，一來他十分尊敬青嵐戰神，二來他也感覺到情況不太對勁。

康巴剛剛準備傳令下去，一個祝融部落的漢子慌慌張張地衝進氈帳：「大事不好！康巴酋長，您派去挖祈福之石的隊伍出事了！」

布布路他們大驚失色，康巴已經派人去草原禁地了嗎？

沒想到康巴也一臉錯愕，暴躁地拍案而起：「胡說八道，我甚麼時候派人去挖祈福之石了？」

「您……您不是一成為草原之王，就說了『祈福之石我挖定了』這樣的話嗎？」那漢子嚇得渾身發顫，急忙解釋，「玉木大人說，尤金一定會想方設法阻止您的計畫。他身為您最器重的心腹，必須全力協助你。為避免夜長夢多，他帶人連夜前往草原禁地了……」

玉木……布布路他們眼前浮現出那個八字鬍漢子的樣子。

「真不愧是康巴的心腹，」帝奇翻着白眼說，「個性比康巴還急。」

礙於青嵐戰神在場，康巴強壓下心頭的怒火，紅着臉問那漢子：「玉木他們出甚麼事了？」

「玉木大人臨走前給我留下一個卡卜林毛球，說如果有急事可以隨時聯絡。」那漢子老老實實地交代，「剛才毛球響了，接通後卻沒人回應。我正納悶，就聽毛球另一端傳來了求救聲，那聲音太慘烈了……可沒等我細問，通話就被掐斷，再也連不上了。」

「看來玉木他們遇到危險了。」祖爾法不忘諷刺地說，「如此說來，還是尤金有遠見。既然是禁地，怎麼能說去就去呢？」

「抱歉，長生殿下，我要失陪了，」康巴收起慍怒之色，嚴肅地對餃子說，「我必須馬上帶人去救我的手下。」

「既然是在禁地遇到危險，此事非同小可，」餃子下意識地看了眼芬妮，然後對康巴說，「我們跟你一起去。」

芬妮微微頷首，對餃子的靈活頭腦甚是滿意。

「有戰神隨行，當然是最好不過了！」康巴受寵若驚地答應了。

事不宜遲，康巴迅速集結一隊人馬，連同布布路一伙，悄無聲息地踏着草原的夜色，溜出草原盛會的紮營地，朝草原禁地趕去……

命運編織者的謊言

MONSTER MASTER 16

新世界冒險奇談

第十二站 STEP.12

禁地的火之陷阱

MONSTER MASTER 16

撲 不滅的火焰

急行了一段，巍峨的雪山再度出現在眾人眼前。望着半山腰上那道雪線，布布路忍不住感慨：「雖然身處死亡雪線的時候很恐怖，可現在遠遠看過去，它還挺好看的！」

「你們去過死亡雪線？」康巴和他的手下聽得一驚。

「當然，我們就是穿過雪線來到青壩草原的。」餃子輕描淡寫地說。

康巴他們對餃子的崇拜感再度飆升。康巴熱情地對餃子豎起大拇指：「數千年來，能翻越死亡雪線的人鳳毛麟角，長生殿下不愧是青嵐戰神，在下佩服不已。」

餃子還沒來得及客套，四不像突然躥出棺材，邊怪叫邊朝雪山腳下奔去：「布魯，布魯！」

布布路他們連忙追上四不像，只見雪地上橫七豎八地躺着數個衣裳焦黑、昏迷不醒的人，還有一個衣着完整的人，渾身瑟瑟發抖地蹲在傷者身旁。

康巴認出這些人都是祝融勇士，不過玉木並不在其中。

「康巴大人救命啊！」神志清醒的那個祝融勇士，一看到康巴就驚駭地叫起來。

在這個人斷斷續續的講述中，布布路他們得知了玉木一行的遭遇：

康巴勇奪草原之王，祝融部落上下振奮不已。玉木召集了一些勇士即刻動身前往雪山禁地，希望能將祈福之石帶回去為康巴慶祝。

一行人靠近雪山後，天空再次降下了預言之葉，葉子上是一句令人心驚肉跳的警告：

「擅入禁地的無知之輩啊，狂暴的烈火將焚燒你們罪惡的身軀，直到你們的靈魂化為粉末！」

預言之葉的出現讓其中一人心生畏懼，不敢前進，但玉木卻對預言之葉的警告不屑一顧，還嘲笑這個人是膽小鬼、懦夫。

玉木讓這個人留在原地等候，帶着其餘人馬進入了禁地。沒過多久，禁地深處傳來一陣淒慘的叫聲，一羣「火人」衝了出來！

跟隨玉木而去的勇士們，全都如預言所說的一般全身上下都燃燒着熊熊大火。不管他們打滾還是用雪撲，都沒有用，那邪門的火焰完全撲不滅，瘋狂地吞噬着他們……

更為離奇的是，當他們退出禁地的界線之後，那火就離奇地自動熄滅了，不過這些人被嚴重灼傷，一個個昏死過去，誰也不知道他們在禁地裏究竟遭遇了甚麼，更不知道領頭的玉木身在何處……

「雪山裏怎麼會有火？而且還是撲不滅的火！」芬妮懷疑地說。

「我發誓，我說的每一句話都是真的，如有半句假話，天打雷劈！」僥幸逃過一劫的祝融勇士對天舉手發誓，「我在一個傷患的手裏找到被燒毀的卡卜林毛球，那是唯一和部落聯絡的方式……我一個人無法把這麼多受傷的兄弟帶回部落，只能寄希望於族人及時發現我們失聯了……沒想到你們這麼快就來了，還是酋長和青嵐戰神帶隊……嗚嗚，我太感動了……」

布布路他們相互看看，躺在地上的人的確是被火灼傷了，而且需要馬上接受救治。大家沒工夫細細分析，康巴讓隨行的人用馬匹將傷患護送回部落。

「酋長，你不跟我們回去嗎？」那祝融勇士雖被嚇壞了，卻不忘擔心康巴。

「玉木還下落不明，我不能丟下他不管。」康巴擰着粗眉毛，恭敬地對餃子說，「禁地十分危險，出於安全考慮，長生殿下您還是回部落等候，我一個人去找玉木就好。」

「那怎麼行？」沒等餃子開口，布布路跳出來說，「既然禁地危險，我們更要一起去了，人多力量大嘛！」

「長生殿下既然被尊稱為青嵐戰神，探究真相和維持青壩草原和平就是他的使命，請您務必要讓我們一同去！」芬妮若無其事地將一頂光輝燦爛的高帽子扣到餃子頭上。

狐狸面具下，餃子的嘴角不停抽搐。

就這樣，布布路一夥和康巴一起，踏入了草原禁區……

紫晶石洞穴

布布路一行小心翼翼地行走在白雪皚皚的禁區，四周一片寂靜，只有大家的鞋底踩在積雪上的咯吱聲。

「短短一天，消失了十年的預言之葉就出現了三次，而且內容大相徑庭。不過第三次預言卻成真了，踏入禁區的人果真受到了烈焰焚身的懲罰。」餃子邊走邊低聲分析，「也許尤金是對的，挖掘祈福之石的預言是偽造的。如果一意孤行，災難會降臨，將有更多人受傷……」

康巴不敢頂撞餃子，但聽到尤金的名字時，他眼中明顯閃過一抹不屑。

「大家看這裏！」這時，布布路和約翰在前面大叫起來。

眾人加快腳步趕去，發現雪地上有許多雜亂無章的腳印，每個腳印上都有一團烈火圖案。

「烈火是我們祝融部落的圖騰，這些腳印很新，應該是之前玉木他們留下的。」康巴說。

「不，不全是烈火圖案，」帝奇謹慎地蹲在地上觀察，指着幾個不明顯的腳印說，「這幾個腳印上的圖案似乎是山峰。」

「山峰是尖峰部落的圖騰！」康巴眼中冒出騰騰火苗，「我就知道是尤金在暗中作祟，他一定是為了阻止玉木挖掘祈福之石，所以才製造出後面兩次預言，還不惜放火傷人！」

「不過是幾個鞋印而已，不能肯定就是尤金放的火吧？」祖爾法認為尤金很可能是德西藍家族的後人，不由得多了一份袒護之情，更重要的是，他不能接受這種影響家族榮譽的無端揣測。

「哼，十年前尖峰部落在尤金父親的領導下，沒少幹恃強凌弱的事，有其父必有其子。」康巴氣呼呼地說，「尤金表面上堅守祖訓，極力阻止我挖掘祈福之石，說不定他其實是想獨吞禁地裏的寶藏！」

餃子他們暗暗交換眼神，看來尖峰部落在鼎盛時期的口碑並不好，因此衰落後更不招人待見。

鞋印是很容易偽造的東西，但考慮到尤金肯定會阻止康巴挖掘祈福之石，而他之前被打下擂台後的眼神又是那麼堅決，所以尤金的嫌疑無法排除。

「大家注意看這些腳印的方向，」帝奇鎮定地分析道，「所有帶有山峰圖案的腳印都是進入禁地的，一個出來的也沒有。如果這腳印是真的，那這個人應該還在禁地裏！」

「我這就去把那個暗中使詐的人揪出來！如果是尤金的

話，我絕不輕饒他！」康巴循着腳印大步往禁地深處走去。

布布路他們跟上康巴，沒走多遠，就在前方的雪殼上發現一個深不見底的洞穴，帶有山峰圖案的腳印在洞口消失不見。

洞內黑黢黢一片，沒有階梯。不過洞壁略微傾斜，而且壁上覆着一層滑溜溜的冰，看起來就像滑梯一樣。

沒等大伙兒仔細思考，布布路和約翰便不約而同地跳進洞內，轉眼就滑得無影無蹤了。

餃子他們三人無奈地歎了口氣，芬妮對此似乎也習以為常，大伙兒拉着抱怨連連的祖爾法，一個跟着一個跳下洞穴……

「冰滑梯」蜿蜒又崎嶇，不知滑了多久，布布路他們抵達了

洞穴的底部。

眼前是一條看不到頭的狹長隧道，最引人注意的是，這遠離地表的隧道內並不是一片黑暗，隧道的四壁上鑲嵌着一塊塊光華璀璨的晶石，釋放出變幻莫測的幽光。

「好漂亮的紫晶石，這就是傳說中的祈福之石嗎？」晶石世家出身的賽琳娜在隧道裏邊走邊看，驚奇得直咋舌。

康巴抬起手裏的刀鞘粗魯地一敲，啪嚓一聲，一塊拳頭大的紫晶石掉落在地。與此同時，被敲斷的截面上撲哧撲哧地冒出無數個細小的氣泡，那些氣泡不斷分裂、擴張……很快，被敲斷的紫晶石神奇地恢復了原狀！

浮出水面的幕後黑手

紫晶石具有自我修復的能力！眾人看得目瞪口呆。

康巴好奇地彎腰去拾掉在地上的那半截晶石，就聽哧的一聲，一股炙熱的蒸汽從紫晶石中噴出。

「嘶！」康巴痛得像觸電般收回手，手指還是被灼傷了，腫得像根胡蘿蔔。

與此同時，那截晶石也揮發殆盡，化作一縷白色的氣霧，消失不見了。手還沒碰到晶石，就被嚴重灼傷了，莫非這紫晶石就是導致那些祝融勇士被燒傷的罪魁禍首？

「哇，這隧道好長、好深啊！」遠處傳來布布路的驚歎聲。

「是啊，到處都是岔路，不過沒發現玉木大哥的身影！」約翰附和道。

「布布路，約翰，你們倆別到處亂跑，千萬別碰隧道裏的紫晶石！」賽琳娜急聲大叫。

「可惡，難道是有人對祈福之石動了手腳？」康巴懷疑地問。

「要對數量這麼驚人的晶石做手腳，可是個大工程，」芬妮搖搖頭說，「這些晶石應該是天然就蘊含着巨大的熱能。」

轟隆隆——突然，洞穴中爆發出一聲震耳欲聾的炸響，四壁的紫晶石被震碎了一大片，稀哩嘩啦地四處飛濺，一時間，灼熱的蒸汽在隧道內危險地彌漫開來。

「哇哇，好燙啊！」布布路像被丟到燒紅的鐵鍋裏的活魚，活蹦亂跳。

「大家快離開這裏！」康巴聲嘶力竭地大喊。

可四周的蒸汽太濃重了，視線受阻，隧道又四通八達，大家摸索了半天也沒找到那條「冰滑梯」的入口。

空氣越來越燙，大家的皮膚被燒得通紅，呼吸也變得越來越困難，再找不到出口，非被蒸熟了不可！

危急關頭，賽琳娜召喚出水精靈。水精靈奮力舞動着冰藍色的身軀，在隧道中製造出一塊塊大冰凌。這些冰凌釋放出大量寒氣，寒氣和蒸汽相抵，空氣總算沒那麼燙人了。

「出口在那兒！」布布路在遠處的洞壁上發現了冰滑梯通道，順着他的手指方向看去，那裏竟倒卧着一個人。

眾人定睛一看，是尤金！

「是你！」康巴怒不可遏，衝上去揪住尤金的衣領吼道，「都是你在搞鬼，對不對？」

祖爾法奮力推開康巴，扶住暈乎乎的尤金，惱怒地喊道：「你看仔細了，尤金渾身都是傷，神志也昏昏沉沉的。你見過哪個搞鬼的傢伙會把自己搞得這麼狼狽嗎？」

康巴語塞。

「甚麼人？」帝奇大喝一聲，滑梯內有個可疑的人影閃過。

大家探頭一看，一個人影正手腳並用地順着滑梯往上爬，爬到高處後，那人扭過頭，丟下一個圓咕隆咚的小東西。

「不好，是爆破晶石，大家快躲開！」帝奇急聲大喊。

眾人驚慌失措地扭頭就逃，沒跑幾步，又一聲轟然巨響，千萬噸的冰雪傾瀉而下，把冰滑梯通道徹底壓塌了！

更可怕的是，那爆破晶石中還填充了具有腐蝕性的酸液，這些酸液飛炸開來，濺到洞穴內的紫晶石上，超高温的蒸汽伴隨消融的紫晶石不斷噴發。

幸好賽琳娜剛剛讓水精靈給大家降温時在眾人身上都覆蓋了一層水膜，他們只是被天搖地晃的震動掀翻在地，並沒有被炸傷，也沒有被腐蝕。不過在那人回身丟下爆破晶石的瞬間，眾人都認出了那個留着兩撇八字鬍，一臉獰笑的人——玉木！

【主角們的命運絲線，你能看到多少】

賽琳娜是如何獲得水之牙的？

A. 在鹽水帶的海底，水之牙自己選擇了賽琳娜

B. 水之牙是賽琳娜家裏的傳家寶

C. 焰角・羅倫贈與賽琳娜的

D. 在北之黎舉行的珍品拍賣會上，賽琳娜花大錢買的

答案在本頁底部，答對得 5 分，你答對了嗎？

■即時話題■

賽琳娜：康巴這樣鐵骨錚錚的草原漢子居然是餃子的腦殘粉，我震驚了！

布布路：我發現康巴和餃子說話的時候，總臉紅呢！

帝奇：我已不忍直視。

芬妮：不過多虧他是餃子的腦殘粉，我們才能白吃白喝白住！話說，你們這羣人到底都是甚麼來頭？乾脆一次性說清楚，免得我的小心臟承受不住！

餃子：咳咳，其實咱們的大姐頭出生於桑瑪利達家族，而布布路他爺爺是怪物大師管理協會的會長獅子曜！

芬妮和約翰：哇 ——真的嗎？

祖爾法：騙人的吧？我見過桑瑪利達家族的新一代，那個小姑娘長得像貓。怪物大師管理協會會長的孫子長得可是十分有個性，那髮型潮得無與倫比！

餃子：對，就是騙你們，其實咱們大姐頭和布布路的真實身份更驚人！

芬妮和約翰：哇 ——真的嗎？

你對主角的命運絲線瞭解多少？程度深淺，一測便知。

測試答案就在第十六部的 235 頁，不要錯過喲！

MONSTER MASTER LOVE & DREAMS

這是成為怪物大師的必經之路!!!

尊敬的讀者：現在你跟隨布布路一起踏上了成為怪物大師的道路！向所有的困難發起挑戰吧！

新世界冒險奇談

第十三站 STEP.13

鏡中世界

MONSTER MASTER 16

亮晶晶的遺骸之能

玉木丟下的爆破晶石不僅炸塌了冰滑梯，也大面積地毀壞了洞穴內部的紫晶石。很多紫晶石都融化了，炙熱的蒸汽哧哧地傾瀉而出，用不了多久，隧道就會變成一座蒸籠！

水精靈製造的水膜只能應急，並非長遠之計。芬妮爭分奪秒地從背包裏掏出藥水和紗布，給尤金處理傷口。其間，尤金終於清醒過來，布布路立刻發問：「尤金，你怎麼會在這裏？」

尤金虛弱地將自己的遭遇敘述了一遍——

擂台賽落敗後，尤金決心無論如何也要阻止康巴挖掘祈福之石。

暗中監視祝融部落的動靜時，尤金發現玉木急不可耐地帶人開始行動了。為了不打草驚蛇，尤金獨自跟蹤玉木一行。

尤金想要阻止他們，然而玉木一意孤行地帶着手下進入了禁地。

沒多久，洞穴中傳來淒厲的慘叫聲，尤金目睹玉木的手下被火光籠罩，一個個哀號着衝出來。

尤金心驚膽戰之餘，卻發現玉木還在洞中。

尤金擔心玉木來不及逃出來，決定進入禁地救人。沒料到在如迷宮一樣的洞穴中，尤金反被玉木偷襲了……

布布路他們之前聽到的洞穴中的爆炸聲，正是因為玉木對尤金丟出了爆破晶石。

「原來在背後搞鬼的人是玉木！」祖爾法生氣地對康巴呵斥道，「你最器重的心腹做出這種事，你要負責！」

康巴滿臉通紅，無言以對。

「現在不是追究責任的時候，」餃子低沉地說，「先想辦法離開這裏要緊。」

咔咔咔……一陣陣脆響從四面八方傳來，洞穴內更多的冰層開始碎裂，蒸汽從裂縫中透進來，空氣的溫度在急速上升。

賽琳娜滿頭大汗地嚷道：「水精靈快到極限了，我們接下來要怎麼辦？」

「這下慘了！」祖爾法自嘲般低聲咕噥道，「想不到堂堂德西藍家族的三位家主候選人，就要被困死在這種鬼地方，燒得連骨頭渣都不剩……」

一直埋頭翻背包的芬妮瞪了一眼祖爾法，祖爾法下意識地住了口，眼神不自覺地瞥向尤金。尤金對於「德西藍家族」竟然毫無反應，只是眉頭緊鎖，一副憂心忡忡的樣子。

「哈，終於找到了！」芬妮從背包裏摸出一面款式過時，又髒又破的化妝鏡，美滋滋地向眾人顯擺道，「咱們有救了！」

布布路他們詫異地看着芬妮，心想，她是不是嚇傻了？

劈啪劈啪……水膜在熱氣的灼燒中漸漸碎裂的時候，芬妮手上那面破爛的化妝鏡閃出了一道光，那光越來越強，越來越亮。當視線被白光淹沒的剎那，每個人都做出最本能的反應：四個預備生緊緊拉住彼此的手，約翰護住了芬妮，祖爾法扶住了尤金……

似乎只有一轉眼的工夫，皮膚被蒸汽燒灼的感覺消失了，

布布路他們發現自己置身於一條亮晶晶的通道裏。通道的四壁全都是各種幾何形狀的鏡子，光線在成千上萬的鏡片中折射、反射，有如無數閃耀的星辰，奇妙無比。

「這是甚麼地方啊？」布布路的瞳孔中倒映着鏡子裏的光，一閃一閃。

「這是鏡中世界。」約翰毫無保留地介紹，「芬妮的那面化妝鏡是個了不得的寶貝，是十影王之一阿爾伯特用超能系怪物——亮晶晶的遺骸製成的，能聯結世界各地的鏡子，讓我們在鏡中世界自由穿梭。」

「不過鏡中世界的聯結十分複雜，我還沒完全掌握亮晶晶的用法，因此無法確定通道甚麼時候能打開，以及具體會通到甚麼地方去。總之，

我們先耐心等一會兒吧。」芬妮補充道。

賽琳娜恍然大悟：「你們之前就是用亮晶晶綁架了金貝克導師吧？」

「說起來，布布路的金盾和金貝克老師的包袱還在你們兩個手上，你們打算甚麼時候物歸原主啊？」餃子見縫插針地說。

一提到金盾，約翰和芬妮默契地又開始裝傻，一問三不知了。

預言之葉的締造者

跟餃子相比，布布路這個金盾的主人似乎對玉木這個問題人物更為好奇，此刻他正湊到康巴面前，問道：「因為草原盛會競技的事情，玉木大哥記恨我們和尤金倒情有可原，可他為甚麼連康巴大叔也不放過呢？」

「說起來，祝融部落的人都是紅髮，玉木卻是一頭棕髮，長相也和祝融部落的人不太一樣。」餃子若有所思地沉吟道。

「沒錯，玉木並非我祝融部落的原住民。」康巴語氣沉重地說，「兩年前，剛剛結束漫長的嚴冬，祝融部落的糧草十分緊缺。一天晚上，我在祝融部落的狩獵區裏巡視，發現很久沒有捕到獵物的狩獵坑裏有動靜，我靠過去一看，裏面竟困住了一個昏迷的人，那個人就是玉木。高燒了三天三夜後，玉木終於擺脫了死亡的陰影，醒來的他悲傷地告訴我，因為嚴冬裏糧草斷絕，還遭到狼羣的襲擊，他的全族人都罹難了，只有他一個人活了下來。」

「草原上的部落都是靠天吃飯的，漫長的嚴冬和惡劣的氣候會讓一個部落輕易覆滅。我十分同情玉木的遭遇，所以沒有因他私闖祝融領地偷獵而懲罰他，還給他提供了衣食。玉木感激不盡，表示他已經無家可歸了，想留下來報答我的救命之恩。這兩年，玉木一直跟在我身邊，他雖然沉默寡言，卻對我忠心耿耿，交代給他的事他都盡心盡力地完成，因而深得我的信賴。我從沒想過玉木會背叛我，也不明白他為甚麼要這麼做……」

說到最後，康巴這個粗獷的草原大漢悲憤地抱住頭。

「我知道玉木為甚麼要這麼做，」一片沉默中，尤金語出驚人，「因為他的目的是讓青壩草原覆滅！」

「何出此言？」芬妮詫異地問。

面對大伙兒疑問的目光，尤金猶豫了一下才開口說：「說出來你們可能不相信，我從小就具有預知的能力……」

尤金說到這兒時頓了頓，但當他抬起頭來看向大家時，反倒是他面露詫異，因為在場的人都沒甚麼反應，似乎早已看透了他的能力。

「預知能力？你胡說八道些甚麼呢？」幸好康巴呆了一秒後，給出了尤金預料中的表情。

「我的預知能力是通過預知夢來實現的，預知夢沒有規律可言，不分時間地點，說來就來。」尤金陷入了遙遠的回憶，「小時候，我經常直言不諱地將自己的夢境告訴當事人，比如今天打獵會有人墜馬摔傷腿，明天出門會有人陷入沼澤地……結果別人不僅不感謝我，反而覺得我是在詛咒他們，還向我父母告狀，說我是個不祥的壞小孩。」

「尤金的遭遇和卡加蘭的貝兒好像呢。」布布路小聲說，餃子三人心有同感地連連點頭。

「父母很快就發現了我的能力，他們鄭重其事地找我談了一次話。」尤金繼續說，「父親希望我能將這個能力隱瞞起來，因為不管未來發生甚麼，我都不該去左右別人的人生。我很生氣，因為我覺得父親這是讓我見死不救。見我不能接受，母親就說，我可以把預言寫在捲榕樹的葉子上，悄悄放到只有當事人才能看到的地方，這種葉子被摘下樹枝後很快就會枯萎，所以不會留下任何證據。」

原來，是羅曼為了保護兒子不被族人當作異類，才想到了用預言之葉來向族人通報災禍。

「一開始，我覺得這個辦法是在騙人，不願意這麼做。」尤金沉吟片刻，面色凜然地說，「但母親告訴我，這個世界上的對

與錯不能簡單地只看表面，謊言也有善意和惡意的分別，善意的謊言能幫助別人，而真話若說錯了場合，反而會造成可怕的後果！」

聽到這裏，芬妮的肩膀不自覺地顫抖了一下，她神情不自然地低下頭。

「於是，我按照母親的建議用預言之葉提醒人們，沒想到這個辦法的確有效，人們不能接受我的直言相告，卻對預言之葉十分信服……部落裏開始有了天降神諭的傳言。人們每天三跪九叩地向草原之神膜拜，祈求能得到預言之葉的指引。」尤金的語氣越發低沉，「我很高興看到自己的能力給大家帶來幫助，所以我事無巨細地去『指引』族人，尖峰部落越來越強盛了，可父母臉上的愁容也與日俱增。」

「尖峰部落變強大了，身為首領的他們為甚麼會不高興呢？」布布路不解地問。

「當時我也不理解父母。可我漸漸發現，兵強馬壯後，族人不再像從前那麼謙遜溫和了，人與人之間常常為了一點蠅頭

小利而發生爭鬥，搶奪其他部落的獵物和地盤的事件陸續增多。」尤金苦笑着回答，「就這樣，其他部落疏遠了尖峰部落，我們成了他們口中『恃強淩弱的惡霸』。」

「當年我們祝融部落可沒少受尖峰部落的氣。」康巴感慨地附和道。

「十年前，也就是在我十四歲那年，青壩草原爆發了瘟疫，牲畜大批死亡，人也被感染，一個個倒下。為了對抗瘟疫，各大部落紛紛聯合起來，分享食物和藥品，唯獨尖峰部落被排斥在外……因為食物和藥品不足，族人一個個死去，我的父母也沒能倖免……我永遠不會忘記父母臨終前對我說的話，他們希望我能用正確的方法守護尖峰部落，永遠不要再利用自己的能力揠苗助長……」回憶到這裏，尤金的聲音哽咽了。

「因為謹記着你父母的教誨，所以十年來草原上再也沒出現過預言之葉，對吧？」祖爾法歎氣道。

「沒想到今年的草原盛會上會降下那麼多預言之葉，而且葉子上的預言還有悖於祖訓。我很不安，不知道是甚麼人在用

我當年的手法去煽動人們的情緒。」尤金焦慮起來，「更可怕的是，在接下來的獵物賽中，我在馬背上進入了預知夢，看到了未來！」

「我想起來了，難怪你好端端的，突然從馬背上掉了下來！」布布路恍然大悟。

「你在夢中看到了甚麼？」芬妮問。

「夢中，我看到一個人背對着我站在一個洞穴中。他四周是蒸騰崩裂的紫色晶石，一股強大的力量正從地底深處噴湧

而出！」尤金的眼中充滿恐懼，「在那股力量的衝撞下，被稱為藍星屋脊的雪山像積木般崩塌，千萬噸的冰雪從天而降。青壩草原陷入末日的災殃中，一片片的氈帳燃燒起來，連成猙獰的火海，成千上萬的人絕望地奔逃……就在這時，我看到那個人從洞穴中慢慢地走了出來，可還沒等我看清他的臉，夢就結束了，我被芬妮又拍又掐地叫醒了……」

「呃……抱歉啊，當時我還以為你在做噩夢呢……」芬妮困窘地說。

「我沒看清那人的臉，卻看到他一頭飛揚的紅髮，所以我就想當然地認為那人是康巴！因此在草原競技時刻意針對他。比賽結束後，我又提前在祝融部落款待貴賓的菜肴裏加入了預言之葉。我想睿智的長生殿下一定會對自相矛盾的預言之葉生疑，並對康巴進行規勸。而康巴也會礙於戰神的面子，延後進入草原禁地的計畫。沒想到，沒等看到這結果，玉木就已經帶着一羣人出發了。我只得在跟蹤他們的過程中，再度放出預言之葉，希望這羣人有所忌憚，結果卻依然沒起作用。」尤金歎了口氣說，「現在想來，我預知夢中的那個人其實是玉木，他的背影是我在昏迷時印入我的腦海的，而他的棕髮也在爆炸的火光映照下變成了紅色！」

新世界冒險奇談

第十四站 STEP.14

災難來襲

MONSTER MASTER 16

崩塌的雪與沸騰的雨

結合尤金的預知夢，真相終於被揭開了，顯然之前那有悖於祖訓的預言之葉是出自玉木之手！

「可惡，我居然養虎遺患，」康巴後悔得直跺腳，焦急萬分地問，「我們甚麼時候能離開這裏？我要親自逮住玉木，阻止他釀成不可挽回的災難！」

「現在就是離開的時候了，」芬妮的眼睛一亮，指着一面格外發亮的鏡子說，「通道打開了，我們走！」

那鏡子就像是一片平靜無波的水面一般，可以將身體融入其中，大家迫不及待地一個跟着一個鑽進了鏡子裏……

映入大家眼簾的是高聳入雲的雪山，一條晶瑩剔透的冰路從山頂筆直貫穿到山腳下。在陽光的照耀下，冰路的表面像鏡子一般光可鑒人。

「這不是之前水精靈做出來的那條『冰吸管』嗎？」布布路瞪大眼睛，新奇地說，「是亮晶晶的遺骸把我們送到這裏來的嗎？」

「不好……」芬妮卻答非所問地仰頭看着甚麼，面色像白紙般毫無血色。

轟隆隆——

大家好不容易利用芬妮的化妝鏡從雪山禁地逃了出來，沒想到災難也如影隨形。

一股炙熱的蒸汽從雪山的半山腰噴薄而出，直衝雲霄，蒸汽在半空中翻湧，迅速凝結成一團團厚重的積雨雲。

嘩啦啦——

雪山的山頂上，暴雨傾盆而下。這雨水的溫度極高，釋放出蒸騰的霧氣。凡是被雨水沾染過的雪山，厚厚的積雪成片地消融、坍塌。裹挾着雪水和冰塊的洪流從山頂上呼嘯着向山下奔湧而來！

「快跑！」尤金一聲大吼，所有人拔腿就逃。

與此同時，積雨雲的雲層也在迅速擴散，向草原蔓延開去，這些雲朵都是紫晶石的蒸汽形成的，蘊含着可怕的熱能，

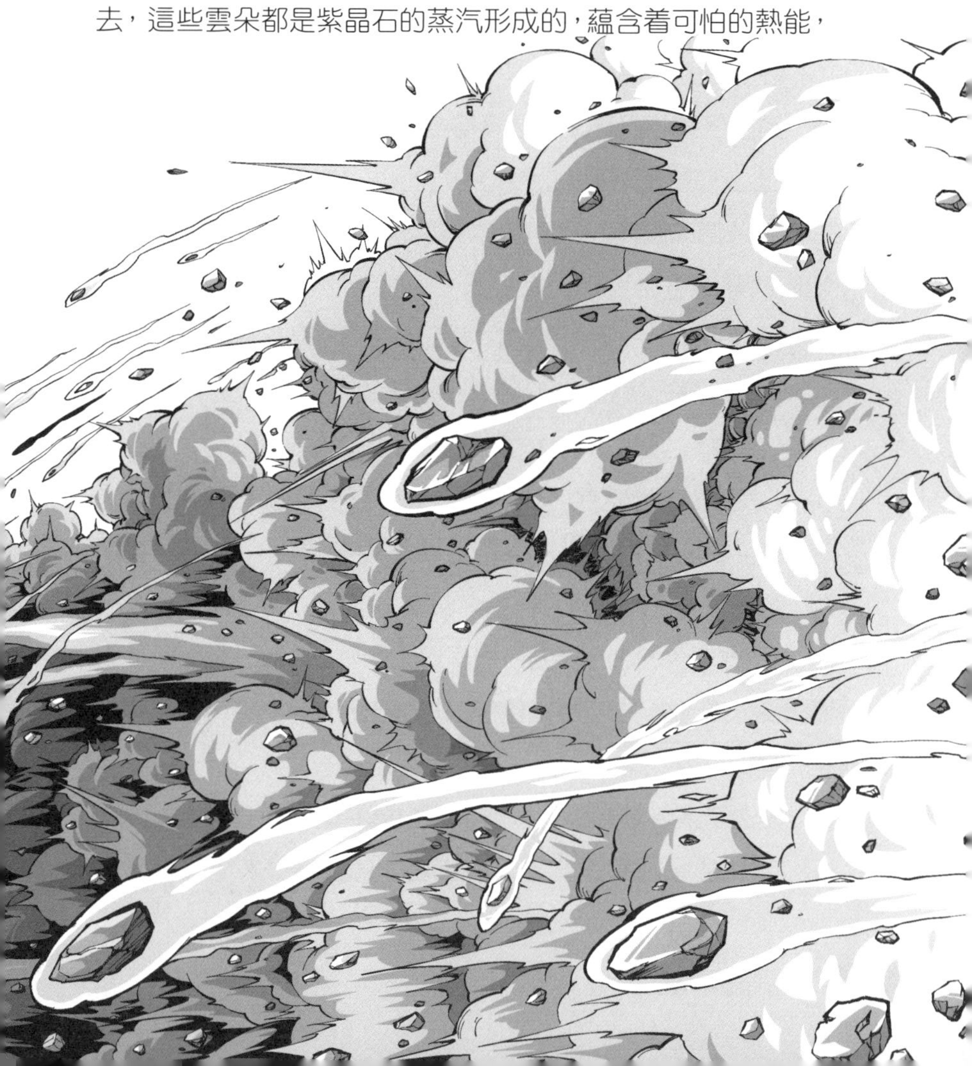

因而降下的都是沸騰的開水！

「得馬上通知各部落，立即撤離青壩草原！」康巴明白一切已無可挽回，他鼓起腮幫子，吹出一聲清亮的口哨。草原方向很快跑來幾匹馬，康巴死死抓住為首那匹馬的馬鬃，朝布布路他們大喊：「快上馬！」

冰雪的洪流和沸騰的雲朵在大地和天空中奔湧，布布路一行如同與時間賽跑，騎着馬向着草原拼命奔去。

比起驍勇的康巴和彪悍的布布路一夥，受傷的尤金很快落到最後。猝不及防間，他覺得身下的坐騎一矮，整個人被馬甩飛出去，重重跌落在地。

腳踝傳來劇痛，望着遠處呼嘯而來的冰雪和雲層，尤金自知在劫難逃。

危急關頭，一股力量攫住尤金的手臂，原來是祖爾法折了回來，一把將尤金拉到自己的馬背上。

「謝謝！」尤金感激地對祖爾法說。

「我這是還你人情，誰讓你在獵物賽的時候替我挨了一鞭子呢！」祖爾法不改傲慢本色地回應道，「對了，你最好抓緊點，再掉下去，我可懶得再撿你回來！」

祖爾法不耐煩的態度並沒有讓尤金產生不悅，反而讓他有種親近的感覺。他知道這傢伙只是嘴巴不饒人，本質卻是善良的，值得信賴。

一路狂奔，布布路他們終於來到草原盛會的紮營地了。

沸騰的雲層和冰雪洪流發出巨大的轟鳴，大地在隆隆震動。人們還不知道發生了甚麼事，營地沉浸在一片恐慌和混亂中。因為動物比人更善於預知災難，牛和馬在營地裏橫衝直撞，很多氈帳都被撞塌了，到處是小孩子的哭聲和憤怒的叫罵聲，首領們在人羣中奔走，維持着秩序。

「撤離，撤離，所有人撤離青壩草原！」布布路一行騎着馬，像一陣狂風般衝進營地，邊跑邊聲嘶力竭地大喊。

人們一開始還驚疑不定，幾個部落酋長跳出來，試圖攔住大喊大叫的布布路一伙。可當看到馬上的康巴和餃子時，沒有人再質疑了，一個酋長驚恐地問：「請問長生殿下和康巴酋長，我……我們為甚麼要撤離青壩草原啊？」

「那就是原因——」餃子抬手指向遠處。

雪山方向的地平線上，冒着滾滾蒸汽的雲層和冰雪洪流像一堵巨大無邊的白牆，正向着草原奔湧而來！

「天哪，世界末日降臨了！」人羣一陣驚呼，隨即是死一般的寂靜。所有人都感到死神的鐮刀揮到脖頸上，就算他們現在撤離，只怕也難逃厄運！

創造奇跡的少年們

面對滅頂之災，草原居民全都呆住了。絕望的氣氛中，布布路他們四人在人羣中振臂疾呼：

「大家不能坐以待斃，馬上開始撤離！」

「都動起來！趕緊動起來！」

「不要收拾行李了，我再說一遍，甚麼東西都不要帶，騎上最快的馬匹逃命！」

「要照顧婦女、兒童和老人！」

人們如夢方醒，部落的首領們迅速行動起來，康巴和尤金也回到各自的部落，組織族人撤離。祖爾法攙扶着瘸腿的尤金，幫他一同照顧尖峰部落的老弱婦孺。

來不及了！人太多了，這樣下去尤金的預知夢會成真的……約翰和芬妮面色鐵青地交換着目光。

然而讓他們大吃一驚的是，當人們騎着馬開始逃亡的時候，布布路他們四人卻毅然決然地朝相反的方向跑去。

「等等，你們要幹甚麼？」約翰驚慌失措地攔住他們。

「我們要去截住那堵『白牆』，至少要延緩它的行進速度，給草原牧民爭取逃生的時間。」賽琳娜毫不猶豫地繞開約翰。

約翰難以置信地看着賽琳娜英姿颯爽的背影：「這種事怎麼可能做到？」

「不放棄，將不可能化為可能，這不正是怪物大師應該做的事嗎？」布布路昂首挺胸地說。

不知為何，約翰感到眼眶有些濕潤。他身邊的芬妮將一個東西精準地丟到遠去的布布路懷裏：「布布路，接着！」

布布路拿起來一瞧，原來是他的金盾，單細胞思考的布布路不明白了，納悶地問：「不是說我拿着這東西不好嗎？為甚麼要還給我？」

「之前是我弄錯了，這金盾其實是能保佑你在危急時刻化險為夷的護身符。」芬妮遠遠地叫道，朝布布路擺擺手再見，

然後在約翰的保護下加入撤離隊伍，逃命去了。

「原來金盾是我的護身符啊！」布布路握緊金盾，撓着頭自言自語，「嗯，爺爺是不會害我的！」

四個預備生默契地一字排開，毫無懼色地迎向以驚天動地之勢衝擊而來的冰雪洪流。

「水之牙的力量啊，為我所用吧！水精靈，無限冰牆！」隨着賽琳娜一聲令下，水精靈的身體膨大數倍，冰藍色的薄翼奮力張開，製造出一道橫亙在草原上的巨大冰牆。

賽琳娜凝神屏息，洪流中無數的水元素被她吸引而來，悉數融入冰牆中，在水之牙的強大力量下，冰牆以驚人的速度不斷加厚加高……

轉眼間，轟鳴的「白牆」撞上來了。碰撞的瞬間，厚實的冰牆發出可怕的崩裂聲，一道道裂紋在冰牆表面蔓延。

「呃！」

「唧唧！」

賽琳娜和水精靈發出不堪重負的呻吟聲，但她們咬牙堅持着。餃子和帝奇的雙手也沒閒着，正飛速轉動着一顆顆水石，用更多的水元素幫助大姐頭。

「吼吼 ——」巴巴里金獅抖動着一身金色的鬃毛，高高躍到冰牆頂端，朝着天空釋放出威力強大的獅王咆哮彈，將越過冰牆的沸騰雲層推回去。

嗖嗖嗖！藤條妖妖的四根觸手令人眼花繚亂地飛舞着，將冰牆上迸濺出的冰塊接住，防止賽琳娜他們被刺傷。

「四不像，我們也得出一份力！」看到同伴們艱難地戰鬥着，布布路摩拳擦掌。

「布魯，呸！」四不像一點兒都不給面子，朝布布路噴了一口口水後，躲進棺材裏怎麼也不肯出來了。

布布路抓耳撓腮，他一向只會出蠻力，操作元素石的水準也很差，眼前的情況，他完全幫不上忙，只能慚愧地掏出小花手帕，想要給同伴們擦擦汗。

「到一邊兒去，別礙事！」餃子三人齊齊丟給布布路一個白眼。

「嗚嗚，人家也想幫忙嘛……」布布路委屈地蹲到一邊兒畫圈圈。

冰雪洪流裹挾着巨大的能量，在它的侵蝕和衝撞下，冰牆不斷地向後退，冰殼也越來越薄，水精靈的身體劇烈戰慄着，賽琳娜的臉也越來越慘白……已經堅持了半個小時，對於草原牧民來說，這半個小時意味着生的希望！

但賽琳娜實在是精疲力竭，再也撐不住了，她的身體晃了晃，終於昏厥在地。

轟隆隆——

驚天動地的巨響中，冰牆坍塌了，千萬噸冰雪撲面而來，轉眼間就將布布路一行和怪物們吞沒了……

這是成為怪物大師的必經之路!!!

+LOVE & DREAMS+ MONSTER MASTER

尊敬的讀者：現在你跟隨布布路一起踏上了成為怪物大師的道路！向所有的困難發起挑戰吧！

【主角們的命運絲線，你能看到多少】

布布路四人最初組成團隊共同行動的地點是哪裏？

A. 猩紅森林
B. 魔都奧古斯
C. 卡加蘭
D. 死亡墓地

答案在本頁底部，答對得5分，你答對了嗎？

■即時話題■

賽琳娜：尤金說十年前他十四歲，也就是說他現在二十四歲。我的天，我一直以為他只比我大兩三歲而已！

餃子：尤金比芬妮小，也就是說，芬妮比二十四歲大。祖爾法比芬妮大，也就是說祖爾法也比二十四歲大！我以為芬妮十七八歲，祖爾法二十歲而已！

祖爾法：這有甚麼好吃驚的！命運編織者家族的人本來就是不顯老的體質，我已經過三十歲了好吧！

賽琳娜：我的天，那你爸爸羅根不是大叔，而是夠當我爺爺了呀！

祖爾法：沒禮貌，甚麼爺爺啊！我爸爸可是德西藍家族有史以來最偉大的家主，起碼在我心目中是這樣的！

布布路：我只想問問芬妮，你的實際年齡是多大啊？

芬妮：布布路，女生的年齡可是她一輩子都要堅守的祕密，尤其是一個美女！

其他人：……

你對主角的命運絲線瞭解多少？程度深淺，一測便知。
測試答案就在第十六部的 235 頁，不要錯過喲！

新世界冒險奇談
第十五站 STEP.15
大怪物安第斯
MONSTER MASTER 16

災難還沒有結束

朝陽初升，金燦燦的陽光灑向一望無際的茫茫雪原。

卜林卜林，卜林卜林……厚厚的白雪下，隱隱傳出微弱的聲響。

積雪突然鼓起一塊，一團巨大的黑影從厚厚的雪堆裏鑽出。窸窸窣窣，那東西奮力抖動着長長的金色鬃毛，將附着在身上的雪抖落，最後才小心翼翼地伸開爪子，在有如小屋頂般的巨爪下，赫然躺着四個少年和兩隻怪物。

原來，在冰雪洪流壓下來的危急關頭，巴巴里金獅從坍塌的冰牆上一躍而下，把布布路四人和水精靈、藤條妖妖護在了身下。不過巴巴里金獅也被砸暈了，直到餃子口袋裏的卡卜林毛球發出聲音，它才蘇醒過來。

四野一片平坦、空曠，橫亙在地平線上的藍星屋脊竟然已被蒸發殆盡，夷為平地！

「那些紫晶石的威力太驚人了！」剛剛調用完水之牙的力量，賽琳娜渾身無力，虛弱地說，「我們能活下來真是萬幸！」

這時，餃子接通毛球，另一頭傳來芬妮焦急的聲音：「太好了，你們四個還活着！」

「草原牧民都安全撤離了嗎？」布布路關心地問。

「幸好有你們爭取到了時間，所有人都逃到安全的地方了。」芬妮的話讓四個預備生十分欣慰，他們的努力總算沒有白費，不過芬妮接下來的話卻讓大家的心又提了起來，「可是尤金不見了！」

「是我沒看好尤金，」祖爾法沮喪的聲音傳過來，「我只記得他最後對我說的一句話是——災難才剛剛開始！」

話音未落，布布路他們身後噗的一聲響，厚厚的雪地裏冒出一朵巨大的花苞。

在大家目瞪口呆的注視下，那花苞撲簌簌地抖動着，巨大的花瓣一層層地綻放開來，一個高大強健的草原漢子從花蕊中走出來，是玉木！

賽琳娜只看了一眼，就露出了恍然大悟的表情，輕聲道：

「那花苞是超能系怪物 —— 百絨融融！它能噴吐出足以毀掉摩天大樓的強腐蝕性酸液。」

「之前擂台賽時，在擂台上做手腳的人就是你吧？」餃子警惕地看着玉木。

玉木嘴角露出一抹譏諷的笑意，答案不言而喻。

「玉木大哥，你為甚麼要這麼做啊？」布布路不解地問，「把青壩草原毀了，對你有甚麼好處呢？」

帝奇手中寒光閃閃，只要玉木有甚麼動作，數柄飛刀就會飛過去，把他變成刺蝟。

玉木選擇性忽視布布路的疑問和帝奇的示威，他叉腰站在雪地上，揚揚自得地大喊：「該做的我都做了，你也該出來跟我見見面了吧？」

四個預備生面面相覷，玉木在跟誰說話？

隆隆隆 ——

彷彿是玉木的喊話有了回應，平靜無垠的雪原震顫起來，縷縷陽光像受到某種蠱惑，有如尖利的長矛般刺下來，雪地上很快被戳出一個深不見底的大坑。

「吼吼 ——」震耳欲聾的嘶吼聲中，一隻龐然大物從深坑中赫然躥出！

那隻怪物渾身被堅硬的黑色鱗片覆蓋。豹子般的軀幹上生長着四條猶如昆蟲般的粗壯長足，長足內側還附有四條鐮刀般鋒利的短足。背上長着一對巨大的鳥翅。蛇形的腦袋又小又尖，狹長的眼睛長在頭顱兩側，泛着陰森森的血紅色光澤。

它居高臨下地掃視了一圈，嘴巴裏發出一陣令人不寒而栗的磨牙聲，似乎對眼前這片空曠無垠的雪原十分滿意。

無差別的死光攻擊

被夷為平地的藍星屋脊下，躥出一隻外形奇異的龐然大物，它目空一切地俯視着四周，令周圍的空氣無形中低了好幾度。

「這就是玉木大哥要見的……東西嗎？」布布路好奇地上下打量，「這是甚麼怪物？」

「喂！你能聽懂我的話，對吧？」玉木也感覺到巨大的壓迫感，他吞了吞口水，朝大怪物喊道，「是我將你孵化出來的，現在該是你效忠於我的時候了！」

玉木的喊話像掉進汪洋大海的水滴，大怪物無動於衷地咂着嘴，全身的黑色鱗片有規律地顫抖起來，雪原上空充沛的

日光照耀下來，成千上萬片鱗甲閃爍出鑽石般奪目的光芒。漸漸地，那些光芒開始有規律地跳躍、遊走……匯聚成一道道無比耀眼的光柱！

光柱越來越耀眼，布布路他們被晃得眼睛都睜不開了。一瞬間，那些光柱從大怪物身上迸射而出，如同無數道金色的光劍，鋪天蓋地朝着雪原刺下來！

「不好，大家快躲開！」布布路趕緊舉起金盾棺材，把三個同伴護在下面。可棺材的遮蓋面積有限，餃子和帝奇光顧着保護不能動的賽琳娜，沒留神一道光柱在帝奇的小腿邊劃過。

「嘶！」帝奇的小腿傳來燒灼般的刺痛，褲子上的布料瞬間氣化，皮肉上冒出一片鋥亮的水泡。

落在雪地上的光柱，則將大塊大塊的冰雪消融了。很快，整片雪原被光柱侵蝕得斑斑駁駁，像被隕石雨撞擊過一般。

「天哪，那光柱明明距離帝奇的小腿還有好幾厘米，就造成這麼大的傷害！」餃子嘴裏抽着冷氣說，「如果直接被光柱射到，後果不堪設想啊！」

「玉木大哥，當心啊！」布布路朝遠處的玉木大喊。

「這死光果然厲害！」玉木完全無視布布路的提醒，他臉上帶着狂熱的神情，激動地迎着光柱走去。

「吱吱！」危急關頭，百絨融融尖叫起來，猛地張開花瓣把玉木包了起來。下一秒，密密麻麻的光柱全部落到百絨融融身上，巨大的花苞瞬間千瘡百孔，所有的花瓣都被燒得焦黑。受了重傷的百絨融融無力地把玉木吐出來，自己不得不化成一道閃光，進入了怪物卡中。

「你瘋了嗎？」玉木狼狽地從地上爬起來，怨氣十足地衝着大怪物吼叫着，「你怎麼能攻擊自己的主人？」

帝奇簡單處理了腿上的傷，忍不住奚落玉木：「你難道看不出它進行的是無差別攻擊嗎？是誰給你的自信，讓你覺得自己能駕馭這種重量級的怪物？」

「少廢話！」玉木暴躁地衝帝奇咆哮，不甘心地又朝大怪物靠近了一點，「若不是我，你絕不可能從那顆怪物果實化石中孵化出來，你必須聽我的命令，臣服於我！」

大怪物一動不動地匍匐在地，血紅的眼睛懶洋洋地瞇縫着，對玉木的話毫無反應。

「情況不妙，」餃子摘下狐狸面具，用第三隻眼睛敏銳地盯着頭頂的太陽，低語道，「這怪物正在大量攝取日光，一旦攝取足夠，它就會發動第二波無差別的死光攻擊。」

「玉木大哥，快到我的棺材下躲躲吧！」布布路好心勸道。

「你閉嘴，我……」玉木話還沒說完，一道銀色的蛛絲射向他，精準地纏住他的腳踝，隨即，帝奇的手指微微一收力，嗖的一聲把玉木拖到了棺材底下。

餃子一記手刀劈下去，玉木頓時像麪條一樣癱軟在地。

蓋亞之淚

趁着大怪物攝取陽光的空隙，帝奇用蛛絲把玉木拖到金盾棺材後面。藤條妖妖伸出四條長長的觸手，把玉木結結實實地五花大綁起來。

「你們要幹甚麼？」玉木又氣又恨地大叫。

「那隻大怪物是甚麼來頭？」賽琳娜雖虛弱卻絲毫不減大姐頭的威風，不怒自威地說，「快說，否則——」

餃子兇狠地亮出拳頭，帝奇冷酷地用飛刀比畫着，布布路豪爽地遞上一塊花手帕。

玉木瞬間寒毛倒豎，這四個怪物大師預備生三個兇一個怪，他知道那三個要揍得他滿地找牙，但給他手帕的那個是甚麼意思？難道是讓他蓋臉？只有死人才需要蓋臉啊……

玉木不敢深想，只好老老實實地回答：「這隻大怪物叫安第斯，是我們家族的守護怪。安第斯身上的鱗甲能攝取太陽光，將之轉化成致命的死光並釋放出去！」

「安第斯？」賽琳娜不可思議地叫起來，「我記得怪物圖鑒上記載過這種 S 級的超能系怪物，可它是被歸在滅絕類怪物類別裏面的！」

「是的，理論上它已經滅絕了。」玉木繼續坦白道，「我的家族傳承的是一顆怪物果實化石。據說，它是混沌之樹上最初掉落的怪物果實之一。孵化者不知為何只將孵化進行到一半，這顆怪物果實在經歷了難以計數的漫長歲月後，成為化石，要再度孵化它，幾乎是不可能的事。但我想到祖輩曾經說過，死亡雪線下封印着高熱能的晨昏之露，於是兩年前我隻身來到了這裏，將怪物果實化石偷偷扔進了草原禁地。不久前，怪物果實化石上面出現了裂紋，裏面傳出一個聲音，告訴我必須先解開晨昏之露的封印，才能將它放出來……」

「晨昏之露是甚麼東西？」布布路好奇地插話道。

「那是土元素始祖怪 —— 蓋亞的一滴眼淚。」雖然震驚得無以復加，餃子還是給布布路做出了解釋，「只是晨昏之露怎麼會被封印在死亡雪線下面？」

「根據祖輩的說法，是十影王焰角·羅倫將晨昏之露封印在雪山下的，以極寒剋制極熱！」玉木才說完，就被賽琳娜扇了一下後腦勺。

賽琳娜七竅生煙地怒斥道：「晨昏之露可是被十影王焰角·羅倫封印的，其危險性不言而喻。你卻解開了封印，把整座雪山蒸發沒了，現在草原也岌岌可危……」

「這傢伙就是個白癡！」帝奇翻了一個大大的白眼，嗤之以鼻地說，「把一顆祖傳的怪物果實化石扔進草原禁地就自以為能成為被晨昏之露孵化出來的大怪物的主人，真是太天真了！」

「怪物與主人要心靈相通，這可是常識！」餃子上下打量着玉木，一副怒其不爭的模樣，「你明明已經有了一個很好的怪物，百絨融融數次救你於生死關頭，你卻貪圖不屬於你的力量，這叫人心不足蛇吞象！」

「你們甚麼都不知道！」玉木羞愧難當地低下頭嘟囔，「我是沒有辦法了……」

「不好了！」舉着棺材充當盾牌的布布路突然大叫，「安第斯要發動第二輪死光攻擊了！」

安第斯的雙翼舒展開來，將它龐大的身軀帶離地面，只聽嗡的一聲巨響，無數道死光脫離安第斯，有如傾盆大雨般從天而降！

這些死光呈現出不同的傾斜角度，不論布布路怎麼調整金盾棺材，都不能完全擋住死光的侵襲。

眼看着致命的死光之雨就要射向布布路他們，生死攸關之際，一個人策馬奔馳而來。

「尤金！」認出馬背上的人，布布路他們齊聲驚呼起來。

尤金毫不猶豫地衝進死光的輻射範圍，千萬道死光將他和身下的馬兒刺燙得傷痕累累。但他咬牙堅持着，一直衝到布布路他們身邊，才張開緊握的拳頭，攤開的掌心上躺着一塊亮晶晶的碎鏡片。

一道光芒閃過，布布路他們頓覺白光刺眼，隨即再次被拉進亮晶晶的鏡中世界，躲過了從天而降的第二波死光攻擊。

「謝謝你，尤金！」布布路擦了擦腦門兒的冷汗，感激地說，「剛才在卡卜林毛球裏，芬妮說你不見了，我們還擔心呢，沒想到你是來救我們的！」

「幸好，我來得還算及時……」尤金渾身是傷，話沒說完就昏倒在地。

命運編織者的謊言
MONSTER MASTER 16

新世界冒險奇談

第十六站 STEP.16

祕寶的威力

MONSTER MASTER 16

吸收陽光的怪物

巍峨聳立的藍星屋脊淪為平坦而空曠的雪原，在陽光的照射下，混在積雪中的碎冰塊有如星辰般閃動。

突然間，一塊鏡面般的冰塊上亮起耀眼的白光，布布路一伙和尤金被送出了鏡中世界。一看清周圍的場景，餃子就大叫起來：「倒楣啊，我們又回到老地方了！」

「也許是命運的絲線將我們拉回來的……」尤金喃喃自語道。

「既然逃不了，我們就想辦法打倒它吧！」布布路神采奕奕地說，他絲毫沒有因為之前的失利而沮喪。

餃子他們三人也開始默默地觀察着安第斯，思考起戰術來，不知道它有沒有甚麼弱點呢？

不遠處，安第斯如一片烏雲般盤踞在半空中攝取着陽光，致命的死光在它的鱗片上遊走、匯集。前兩輪死光攻擊都撲了空，安第斯已經開始不耐煩了，胸腔內傳來壓抑的喘息聲，龐大的身軀也不斷向高空升起。

「它飛得越高，吸收的太陽光越足，死光攻擊覆蓋的範圍就越廣，殺傷力也會越強，」賽琳娜很快看出了規律，「如果不想辦法制止，死光遲早會覆蓋整個青壩草原乃至青嵐大陸……」

這一切大大超出玉木的設想，他懊惱得一屁股癱坐在地上。

「既然安第斯要靠吸收太陽光才能發揮能力，那麼最直接的辦法就是讓它吸收不到陽光，」餃子摸着下巴沉吟道，「可太陽掛在天上，我們能拿它怎麼辦呢？難道我們向天祈禱，希望能飄來一片烏雲，把太陽給遮住？」

帝奇被餃子的話點醒，眼中閃出了一道精光，悄聲對巴巴里金獅說了幾句。

「吼吼——」巴巴里金獅剛剛被冰雪砸壓得體能大減，不過一聽到帝奇的話，它立馬打起精神，威風凜凜地抖動着鬃毛，張開獅口，朝着厚厚的積雪層發出一連串獅王咆哮彈。

轟，轟，轟——

大量的冰雪被咆哮彈衝擊到高空，在安第斯的頭頂上形成一道「冰雪屏障」。

陽光被隔斷，安第斯龐大的身體籠罩在陰影中。大家正打算趁機發動攻擊，出人意料的事發生了，只見安第斯猛地抖動起了身體，啪啪幾聲，數十枚黑色鱗片像子彈一般從它身體上彈射出來。

這些鱗片飛出冰雪屏障的遮蓋範圍，在半空中調整角度，將吸收到的太陽光折射向巴巴里金獅。

「嗷嗚——」巴巴里金獅被數道折射來的光線擊中，發出痛苦的號叫。

這些鱗片並非簡單地折射陽光，而是將大量陽光進行儲存，再一併迸發，射出的光線炙熱無比，足以燒穿生物的皮骨。幸好巴巴里金獅的毛髮異常厚實，才沒受到致命的傷害，但鬃毛還是被燒焦了一大片。

巴巴里金獅還想再用咆哮彈加大冰雪屏障，但它一用力，傷口就滲出血珠子，帝奇心疼地急忙將它收回怪物卡療傷。

阻隔日光的冰雪屏障消失了，安第斯繼續攝取陽光，那些被它彈射而出的鱗片並未收回，而是繼續在半空中調整角度，將一道道炙熱的光線射向地面上的布布路一夥。

鱗片位於高空，它們只需調整極小的角度，經過折射的陽光就能在雪地上高速移動。要躲避這些光線的追擊，幾乎是不可能的事情，更何況尤金還昏迷着，大姐頭又行動不便。

布布路背着尤金，餃子攙着賽琳娜，帝奇用蛛絲拖住玉木，六個人連滾帶爬地在雪地上奔逃。不一會兒，大伙兒身上、臉上就都被光線剮蹭到，燙出一串串燎泡，鑽心地疼。

慌亂中，一個東西從布布路口袋裏掉出來，在雪地上骨碌碌滾出好幾米。

布布路眨眨眼睛，原來是他的金盾。

可還沒等布布路去撿，一道紅光從他背後躥出來，四不像一口把金盾給吞了……

變身，吞噬金盾的四不像

「哇，四不像把我的金盾吞了！」布布路急得大叫。

「我的天，那金盾可值錢了，它吞那玩意兒幹嗎？」餃子一邊滿地打滾，一邊發出心痛的哀號。

四不像轉過頭來，突然間，它臉上的表情扭曲了。圓鼓鼓的肚皮下發出有如悶雷由遠及近滾來的聲響，十字傷疤突突跳動着，彷彿有甚麼東西呼之欲出 ——

轟，轟，轟……

隨着「雷聲」的迫近，四不像一身鐵銹紅色的雜毛褪去，表皮變得烏黑且厚實，並出現了龜殼般的龜裂，一道道可怕的裂縫下，紫色的雷電和暗紅色的巖漿狀物質交雜着遊走！

四不像雙眼瞪得充血，直勾勾地盯着布布路，痛苦的表情猙獰無比。

布布路又急又心疼地往前湊，四不像卻一爪子將布布路拍飛出好幾米遠。

下一秒，四不像的身體像吹氣球般膨脹起來。前肢誇張地變長、變粗，皮膚越發接近石質化，雙肩生出有如巖石般的巨大肩甲，粗壯的脊樑骨猶如雨後春筍般瘋狂拔高，將四不像的身軀不斷拉長。隨着體形的激增，大量灼熱的巖漿狀物質從四不像烏黑的皮膚裂縫中噴濺而出，還閃耀着紫色的雷光！

轉眼的工夫，四不像變成了一隻如巨猿般恐怖的龐然大物。它身體上流淌的巖漿和遊走的雷電，分明是在向外界宣告

着，它現在極度危險、心情極度不好，隨時會爆發出摧枯拉朽的破壞力，最好不要招惹和靠近它！

「你們覺不覺得，四不像現在龜裂的黑色皮膚，還有遊走的巖漿……這不論是質地還是外觀，都很像金盾的紋路?」帝奇瞇着眼睛，疑惑地觀察着。

「四不像以前吞過火石、雷石，在龍宮的時候甚至還吞過『炎龍之魂』（詳見《怪物大師·雲海國的魚龍公主》），」賽琳娜驚歎地說，「那些東西有一個共同點，就是具有驚人的爆發力，可金盾的屬性只是異常堅硬而已啊！」

「唯一的解釋就是 —— 布布路的那塊金盾有問題。」餃子愁眉苦臉地看着布布路，凡是和布布路沾上邊的東西，沒有問題才怪……

「四不像……」布布路哪裏聽得進同伴們的議論，他整顆心都繫在四不像身上，他覺得四不像這次看起來比吞炎龍之魂的時候更痛苦。布布路心急如焚，又不知所措。

「布魯 —— 布魯 ——」四不像聲嘶力竭地怒吼着，強悍有力的手臂用力捶搗着地面，整片雪原有如地震般顫動起來。布布路他們像皮球一樣滿地亂顛，苦不堪言。

被四不像捶打過的地方，厚厚的雪層被砸出一個個隕石撞擊般的深坑，慘不忍睹。

一直專注於攝取陽光，準備發起最後攻擊的安第斯被四不像吸引了，它睜開眼睛，轉過蛇樣的小腦袋，狹長的血紅色瞳仁上下打量着四不像，口中發出一種彷佛亙古至今、穿越漫長光陰的蒼老聲音：「嗞……好熟悉的氣息啊……炎龍啊炎龍，只要是你的氣味，不論多麼微弱，我都嗅得到……」

布布路他們緊張得大氣也不敢出，安第斯從四不像身上嗅到了炎龍的氣息嗎？而安第斯接下來說的話，則讓空氣都幾乎凝固了。

「炎龍啊炎龍，你是我的同胞，卻又聯合人類將我封印，但凡和你有關的東西，不論是死物還是活物，我都不會放過！」安第斯的眼中迸射出濃濃的殺機，「所以，不管你這醜陋的傢伙是甚麼東西，我都要不留餘地地把你摧毀！」

「難道被孵化出的怪物安第斯還融合了晨昏之露的意識？」賽琳娜敏銳地洞察到了安第斯的不尋常。

「布魯 ——」感受到安第斯的敵意，四不像徹底陷入暴走

狀態，巨大的銅鈴眼中電光四射，身體像噴發的火山般迸濺出可怕的金盾巖漿。

蘊含着蝕骨高温的巖漿如雨般在雪原上散落，布布路他們驚慌失措地四處逃竄躲閃。

響徹天空的怒吼

「布布路，你趕緊想想辦法，讓你的怪物安靜下來啊！」餃子尖叫道。

「四不像！」布布路深吸一口氣，調轉方向朝四不像奔去。雖然暴走的四不像不斷噴射出雷電和巖漿，但布布路覺得，既然自己在龍宮時能和變身的四不像心靈相通，那這一次也一定可以！

布布路希望能像從前一樣喚醒四不像的意識，可意外的是，四不像沒有被布布路的靠近激怒，也沒有對布布路發起進攻，而是避開了他……

布布路錯愕地抬起頭，四不像巨大的銅鈴眼也正望着他，彷彿在說：「交給我吧！」

布布路意識到四不像並沒有失去理智，之前之所以會推開他，也許是因為還不能駕馭體內的力量。而現在，看四不像自信的樣子，它一定已經可以成功駕馭這力量了。

四不像滿懷深意地看了布布路一眼，轉身怒吼着朝安第斯奔去。

「嗷嗚……」安第斯發出可怕的嘶鳴，黑色鱗片如波濤翻湧，崩裂的死光一股腦兒朝四不像聚攏襲來！

「布魯——」霎時間，四不像的黑色金盾質皮膚被烤得通紅，刺眼的紅色巖漿和紫色雷光在皮膚的裂縫中流淌，駭人的高溫幾乎將四不像變成一塊燒紅的大烙鐵！

死光的原理是將太陽光的能量匯集起來轉化成接近極限的高溫射線，但金盾是藍星上最堅硬的物質，具有抵禦極度高溫的屬性，四不像現在通體裹覆着厚厚的金盾，死光攻擊對它來說不過是撓癢癢。

四不像毫不遲疑，三步化作兩步地撲上去，縱身一躍，巨猿般的手臂猶如兩根粗壯的長鞭，對準飛在半空的安第斯抽打過去。

安第斯急忙張開巨大的羽翼躲向高處，隨後，它交替着發射出無差別和定點發射的死光，對準深陷蒸汽中的四不像瘋狂發射。

「布魯——」四不像發狂地吼叫着，龐大的身軀以不可思議的方式高高躍起，對準越飛越高的安第斯噴吐出一串紫色的

雷光球。

咕咚一聲，安第斯龐大的身軀一歪，一大片鱗甲被雷電擊落在地，每一片鱗甲都蘊含着駭人的死光能量，厚厚的積雪被融化成滾燙的水。

「哇！」布布路他們被燙得嗷嗷亂叫。他們可沒有金盾護體，更不能插上翅膀飛遁，只消一片小小的鱗甲，或是一團小小的雷光球，就能對他們造成致命的傷害。

尊敬的讀者：現在你跟隨布布路一起踏上了成為怪物大師的道路！向所有的困難發起挑戰吧！

這是成為怪物大師的必經之路!!!

MONSTER MASTER
✦LOVE & DREAMS✦

【主角們的命運絲線，你能看到多少】

布布路四人打倒的第一個敵人是誰？

A. 黃泉
B. 喀爾文達尼
C. 尼尼克拉爾
D. 阿爾伯特

答案在本頁底部，答對得5分，你答對了嗎？

■即時話題■

餃子：水之牙、炎龍之魂、炎龍之角……現在又出現一個晨昏之露，還是來自土元素始祖怪的一滴眼淚，真是夠了！

帝奇：我敢打賭，之後還會出個氣元素始祖怪的甚麼東西！

布布路：賭多少？

帝奇：你說多少就多少！

布布路：十盧克可以嗎？

賽琳娜：布布路，別賭，你肯定輸！按作者的慣性創作思維，帝奇說得超有道理啊！

布布路：嗯，我知道啊，所以我賭帝奇是對的！

帝奇（翻白眼）：但是你覺得誰會和你賭我是錯的？

你對主角的命運絲線瞭解多少？程度深淺，一測便知。
測試答案就在第十六部的 235 頁，不要錯過喲！

答案：B

新世界冒險奇談

第十七站 STEP.17

芬妮的謊言

MONSTER MASTER 16

危機中的訪客

四不像和安第斯越戰越猛，雙方都殺紅了眼，陷入決一死戰的瘋狂之中。

一時間，天空被火光覆蓋，大地劇烈地震盪。死光、雷電和燒紅的金盾巖漿在空氣中失控地亂飛，積雪大片消融，地面坍塌出一個個有如被隕石撞擊般的深坑，深坑中冒着泡的沸水蒸騰着足以把人蒸熟的熱氣！

賽琳娜無法再次動用水之牙的力量來保護大家了，但她還是咬牙召喚出水精靈，讓它勉強製造出一面小小的冰盾，在這片如地獄般的戰場上為大家營造出一隅生存的空間。

大家依偎着擠在冰盾下，冰盾被死光和燃燒的金盾砸得咚咚作響，外殼正迅速消融着，用不了多久，大伙兒就會徹底暴露在死光和高溫之中……

危急中，尤金緊握在手裏的亮晶晶碎片一閃，三個人從鏡子裏鑽了出來，狹窄的空間頓時顯得更擠了，帝奇被擠壓得貼在冰盾壁上，幾乎成了肉餅。

「芬妮，約翰，祖爾法？」布布路訝異地看着突然冒出來的三人，「你們怎麼來了？」

「喏！」約翰手裏捏着一枚亮晶晶的碎片，解釋道，「之前護送草原居民逃亡的時候，芬妮把亮晶晶的遺骸之鏡分成四片，讓尤金、祖爾法和我每人拿一片，這樣萬一大家失散了，就能逃進鏡中世界躲避危險。」

「另外，我之前忘記告訴你們，」芬妮斜了失魂落魄的玉木一眼，不動聲色地接話道，「雖然鏡中世界的開啟通道是隨機的，但如果鏡子破碎了，亮晶晶殘留在鏡子上的怪物意識就會起作用，就會想方設法地利用鏡中世界進行連接，把鏡子復原，所以我們就找到這兒來了！」

「我的天！那兩隻是甚麼東西啊？」隔着透明的冰盾，祖爾法目不轉睛地望着在激烈纏鬥的安第斯和四不像，口中不斷抽着涼氣。

他們這時才後知後覺地明白過來，為何尤金之前說災難還遠沒有結束……安第斯和異變的四不像在雪原上進行恐怖的廝殺，兩隻龐然大物不分伯仲，整個世界都被它們攪和得天搖地動。

小小的冰盾下，餃子簡明扼要地講述了安第斯蘇醒和四不像吞金盾的經過。約翰和祖爾法聽得一驚一乍的，玉木則羞愧得恨不得找條地縫鑽進去。

回顧完畢，餃子瞇起眼睛，老謀深算地向芬妮盤問道：「你一直對布布路的那塊金盾念念不忘，莫非早就知道它的來頭不小？」

「芬妮，我的金盾有甚麼問題？為甚麼四不像會變成這個樣子？」布布路心急地問。

「情況我都瞭解了，不過關於金盾嘛，說來話長，我現在沒工夫解釋。」芬妮四兩撥千斤地迴避了問題，自顧自地低頭擺弄起左手中指上的寶石戒指。

嗙嗒！戒指上鑲嵌的寶石翻轉過來，露出背面蜂窩狀的洞眼。

「這是擴音晶石！」賽琳娜認出那寶石的材質，警惕地看着芬妮，她這個時候拿出擴音晶石來要做甚麼？

被蒙蔽的安第斯

芬妮沒理會大伙兒困惑的目光，她清了清嗓子，把擴音晶石放到嘴邊，令大家猝不及防地朝冰盾外大喊道：「炎龍！你的戰術生效了，安第斯已經完全被你牽制住了！接下來，你可以對這隻愚蠢的怪物發出致命的一擊了！」

布布路他們面面相覷：芬妮是在跟安第斯喊話嗎？炎龍在哪裏？還是說，芬妮口中的炎龍其實就是四不像？

安第斯似乎也被芬妮弄糊塗了，它甩脫四不像，拍打着翅膀飛到高空，小腦袋警惕地轉動着，捕捉着空氣中的異常氣息。

整片雪原上只剩下四不像張牙舞爪的身影和挑釁的怒吼。

片刻之後，芬妮終於忍不住，撲哧一聲笑出來，除了單細胞的布布路和約翰，餃子他們也反應過來了：芬妮剛才那番話是信口開河亂喊的！

「居然敢騙我，真是活膩了——」安第斯惱羞成怒，八條尖刀般的長足刺破空氣，從高空猛地向冰盾俯衝下來！

「這下完蛋了！」餃子失聲驚呼，冰盾被腐蝕得只剩薄薄的一層了，根本不堪一擊，這下他們就算不被死光燒成焦炭，也

會被安第斯鋒利的爪子撕成碎片！

餃子的哀號聲還沒停下，一個全身流滿液態金盾的龐然大物橫撲上來，把安第斯撲了個正着。

「布魯——」苦於沒有翅膀的四不像總算找到機會了，兩條粗壯有力的長臂扣住安第斯的翅根，用力往地上一摜。

「嗷嗚——」安第斯半截身子都被插進雪裏，它瘋狂揮動

着八條銳利的長足，劈頭蓋臉地朝四不像回擊。

四不像雖然膨脹了數十倍，體形卻不及安第斯的一半，好在它全身覆滿堅硬無比的金盾，儼然一座堅不可摧的移動堡壘。任憑安第斯怎麼撕咬、用死光噴射，都無法傷到四不像分毫。一番近距離肉搏下來，安第斯渾身沾滿炙熱的金盾巖漿，如鑽石般堅硬的黑色鱗片也被撕咬得大片剝落，又被它們倆翻滾、踐踏着碾……

見情勢不妙，安第斯不再戀戰，它奮力扇動着巨大的翅膀，竭盡全力地飛離地面，四不像死死拽住安第斯的兩條長足，竟也被帶得脫離了地面。

四不像的雙腳在半空中亂蹬，失去重心的感覺顯然讓它十分煩躁，雙手一點點從安第斯的長足上滑下來……

眼看着安第斯就要脫身了，芬妮突然又放聲喊道：「太好了！時機到了，炎龍，你可以出手了！」

安第斯不再相信芬妮的謊言，它一邊振翅高飛，一邊朝芬妮投來怨毒的眼神，一道道死光在它的背鱗上閃耀，它惡狠狠地說：「我要用最強的死光，堵住你那張滿是謊言的嘴！」

可就在安第斯準備釋放出死光的時候，一股無比熟悉的氣息突然湧入它的鼻中。剎那間，安第斯狹長的血色瞳仁中閃過一抹驚慌，它的樣子就像是被一桶剛從冰窖裏提出的水劈頭澆下，龐大的身軀不自覺地微微戰慄起來。它真的在空氣中嗅到了炎龍的氣息！

沒錯，就是炎龍！安第斯絕對不會認錯這種氣息，因為對它來說，那就是死亡的氣息！

吊車尾小隊的齊心大作戰！

呼……呼……呼……

炎龍的氣息從高空驟然逼近，時間彷彿停止了，對於炎龍的無邊畏懼壓迫得安第斯連頭都不敢抬起，它倉皇地一路向下迫降。

時間一分一秒地過去，安第斯眼中漸漸顯出疑惑的神色。它已經降落到地面了，可炎龍還沒有對它發起攻擊，處於絕對優勢位置的炎龍沒有理由不動手啊？

安第斯深吸一口氣，鼓起勇氣抬頭看去——

頭頂上哪兒有甚麼炎龍？只有進化到最大形態的巴巴里金獅，正張開血盆獅口，不斷地朝安第斯發射着獅王咆哮彈。

只不過，空氣中確實充滿了炎龍的氣息。安第斯不敢掉以輕心，也不敢貿然向巴巴里金獅還擊。就在它打算再仔細觀察一番的時候，一陣銳利的劇痛由翅膀傳來！

「布魯——」四不像撲到安第斯身上，雙手如虎口鉗一般鉗住安第斯的翅膀，張開大嘴就是一通狂咬。噴濺的液態金盾將安第斯身上的黑色鱗片燒得嗞嗞作響，不管安第斯怎麼甩動、翻滾、扭打，四不像就是不鬆口。

「唧唧！」四根堅韌的藤條觸手趁勢纏繞過來，三下五除二地在安第斯龐大的身軀上密密麻麻纏了數圈，最後還打了一個漂亮的大蝴蝶結。

「嗷嗚——」安第斯聲嘶力竭地吼叫着，試圖掙脫束縛。

轟轟轟！

四不像居高臨下地張開嘴，對準安第斯的小腦袋，一連噴出數串十字落雷。

「嚶嚶……」安第斯徹底動彈不得了，小腦袋癱軟在地，

只剩下胸腔憤怒而不甘地上下起伏着。

不遠處，消融殆盡的冰盾下，布布路一伙心有餘悸地擦着腦門兒上的冷汗。原來，當芬妮隨口亂謅的謊話成功地擾亂了安第斯時，她便生出了一條妙計，用這計策竟然成功制伏了安第斯。

新世界冒險奇談

第十八站 STEP.18

惡戰之後

MONSTER MASTER 16

芬妮的計謀

一番惡戰後，四不像興奮地在雪原上活蹦亂跳，嘴巴裏噴射出紫色的雷光，甚至有幾道極強的電弧直衝天際，將雲朵都擊碎了好幾朵。

餃子他們震驚不已：好不容易才把安第斯制伏，四不像又瘋了嗎？

「四不像，等等我啊！」布布路喜憂參半地追逐着四不像。

四不像揚起粗壯的雙臂，就像搶到勝利果實的巨猿般，不斷捶打着自己的胸脯。大量的金盾巖漿從皮膚的裂縫中噴射而出，在雪原上奔騰，將厚重的積雪融化成水，在被侵蝕、撞擊得溝壑叢生的大地上，雪水匯聚成一條條奔騰的河流。這些積雪融水匯成的河流中富含養分，將給荒蕪多年的青壩草原帶來重生的希望……

四不像的外觀也隨之發生了改變，每捶擊一下胸口，四不像的體形就明顯縮水一圈，渾身烏黑的金盾皮甲也撲簌簌地剝落，露出原本的鐵銹紅色的雜毛……

不一會兒，四不像終於蛻變回了原本的樣子。

布布路興奮地撲上去，想要給四不像一個大大的擁抱。

「布魯，布魯！」四不像的身體雖然變回來了，情緒還沒平靜，齜牙咧嘴地朝布布路鬼吼鬼叫，不停地躲閃。

看到布布路和四不像又打又叫地滾成一團，餃子他們長舒一口氣。看起來，一切都恢復正常了！安第斯被藤條妖妖五花大綁，一動也不能動，喉嚨裏呼呼地喘着粗氣，火焰般的瞳仁死死地盯着芬妮，眼中交替湧現着憤怒、屈辱和疑惑的情緒。

芬妮緩緩走上前，手裏抓着一把粉末，在安第斯鼻孔前一吹。

安第斯對這粉末十分敏感，龐大的身軀如篩糠般抖動起來，含糊地嗚咽道：「這……這粉末是炎龍的味道，就算化成灰，我也絕不會聞錯它的氣息……」

「芬妮，你怎麼會有炎龍氣息的粉末？」布布路歪着被四不像撓出的大花臉，驚奇地問。

「幾個月前，我和約翰在外面替鬼市淘寶的時候，意外從一個不識貨的暴發戶手中淘到了一件稀世珍寶。那是一具用炎龍的肋骨打造的棺材，那棺材的價值就算用等重的金盾交易也絲毫不過分。於是我和約翰毫不猶豫地押上全部身家，把這具棺材買了下來。」芬妮說。

「炎龍的肋骨打造的棺材嗎……」餃子突然想到了甚麼。

「我沒敢到處聲張這事。不久之後，有一位神祕人找上門來，用我當時出價的五十倍的價格把棺材買走了。」說到這裏，芬妮的眼睛都在發光，「靠這具棺材，我和約翰賺到了一筆可能幾輩子都花不完的錢，於是我們把賺來的錢都用來改善鬼市居民的生活，由此奠定了我和約翰在鬼市的地位。」

賽琳娜的表情抽搐了一下，她恍然想起，幾個月前聽老爸沾沾自喜地提過，他把從鹽水帶回來的炎龍棺材拿去黑市找買家，中途遇到了兩個對這寶貝非常感興趣的愣頭

兒青買家，一直追着他要交易。於是老爸開了一個天價，再幾番討價還價之後達成了交易，那筆不菲的收入還扭轉了當時賽琳娜家的經濟危機。

現在看來，他老爸一定就是芬妮口中那個不識貨的暴發戶了，也許老爸當時只要再多等幾週，就能把棺材多賣幾十倍的價錢……唉，賽琳娜吞了吞口水，為了家庭的和睦，還是保持沉默算了……

「在交易過程中，為鑒定棺材的真偽，芬妮從棺材底部不起眼的地方刮下一些碎屑。」約翰笑瞇瞇地指向芬妮的背包，「那粉末是貨真價實的炎龍肋骨，芬妮一直當作珍寶藏在背包裏，沒想到今天真派上了用場，幫助我們打敗了安第斯！」

「其實，安第斯並不是輸給了我們，而是輸給了它自己。」

芬妮看了安第斯一眼，輕描淡寫地說，「安第斯是由晨昏之露孵化出來的，包含了晨昏之露的意識！當年晨昏之露被焰角·羅倫和炎龍封印在藍星屋脊之下，安第斯之所以這麼憎恨炎龍，多半是源自晨昏之露對於再度被封印的恐懼。」

「第一次喊出炎龍來欺騙安第斯的時候，看到它那惱羞成怒的樣子，我更加確信自己的推測。並且我還發現，四不像若能和安第斯近身肉搏，獲勝概率必然大增。於是，在安第斯振翅高飛的時候，我把粉末塗抹在巴巴里金獅的嘴巴上，並叮囑它，看到我連續眨眼三次後，就從安第斯頭頂上方釋放出最強的聲波氣流。

「一切都和我預想的一樣，當我第二次喊出炎龍的名字後，安第斯已經怒不可遏，它的目光死死地鎖定我，以至於忽視了周圍的其他異動，將進化成特殊形態的巴巴里金獅噴出的迷惑性氣流，誤認為是炎龍從天而降！出於對炎龍的畏懼，迫降的安第斯連頭都不敢抬起來，這就為四不像的攻擊爭取到了最佳時機。而且，恐懼會讓人喪失鬥志，當意識到自己被騙了之後，安第斯也遲遲沒能進行反擊，反而被羞愧徹底擊垮了……」

聽完芬妮環環相扣的分析和推理，布布路他們欽佩得五體投地，祖爾法也難得地讚賞道：「作為我們德西藍家族的後代，你還不錯！」

化干戈為玉帛

安第斯雖被制伏，但布布路一行也損失慘重，餃子兜裏的卡卜林毛球被飛濺的金盾燒壞，完全無法和外界取得聯繫。

就在大伙兒又累又餓、一籌莫展的時候，遠處出現了一支浩浩蕩蕩的大部隊。原來，是康巴集結草原各部的精兵強將回來增援布布路他們了！

「布魯！」四不像看到馬背上滿載的食物，手舞足蹈地撲了上去。

「這⋯⋯這是甚麼東西？」看見癱在草地上的安第斯，康巴他們大驚失色。

「事情是這樣的⋯⋯」餃子以青嵐戰神的身份站出來，將玉木如何借用晨昏之露孵化安第斯，以及大家合力戰勝安第斯的始末複述了一遍。最後，餃子望着奔騰在草原上的河流，慶幸地說：「雖然經歷了一場浩劫，但有了這些河流的滋潤，困擾草原居民多年的饑荒問題終於能解決了。」

在餃子講述的時候，布布路他們早已將馬背上的食物搬下來，狼吞虎嚥地吃了起來。

各部落酋長對布布路他們感激涕零，派出隨行最好的醫生為大伙兒療傷，康巴更是感動地說：「我終於明白了，人們之所以敬仰長生殿下，是因為您和您的同伴們擁有每個人都嚮往的東西 —— 愛、勇氣和責任！」

餃子不好意思地撓着頭，若有所指地看向玉木說：「力量並不代表一切，如果心的方向錯誤，再強大的力量也只能帶來毀滅性的後果！」

餃子的話讓失魂落魄的玉木抬起頭來，聲音嘶啞地說出他壓抑許久的心聲：「我本是草原上最古老、最悠久的部落——斷龍部落的後人。我之所以知道晨昏之露，是因為在千年前，我的祖先曾和焰角．羅倫並肩作戰，引領他來到雪山完成了封印。只是到了如今，斷龍部落走到窮途末路，只剩下我一個人苟且活了下來……我永遠也忘不了撫養我長大的老酋長，他在臨死前緊握住我的手，叮嚀我一定要復興斷龍部落……可我雖然活了下來，卻一直沒能力完成老酋長的遺願。我不想再這樣蹉跎下去了，所以才決定放手一搏，孵化怪物果實化石，利用安第斯的能力成就夢想……」

康巴重重揍了玉木一拳，憤怒和失望讓他雙眼泛紅：「你所謂的夢想，只是充滿貪念和自私的野心！我記憶中的斷龍部落的老酋長是個堂堂正正的草原漢子。他一定教導過你，我們草原居民雖然靠天吃飯，但要活得有骨氣，靠自己的力量去創造更好的生活。如果他在天有靈，一定會為你的所作所為感到恥辱！」

「對不起，我錯了，是我太急功近利，嗚嗚……」想到老首領昔日的諄諄教誨，玉木的眼中湧出悔恨的淚水。

「身為你的酋長，我並非對你的心思一點兒都沒察覺，可我總是心存僥幸，覺得你作為斷龍部落的後代，不會做出這麼愚蠢的事。」康巴歎了一口氣，扭頭對不遠處的其他部落酋長說，「所以，我也要對這一切負責任，請各位來裁決……」

其他部落酋長湊到一起小聲嘟囔了一會兒，派出一個代表對康巴和玉木說：「雖然新生的河流能改善乾旱和饑荒，但崩塌的雪山把我們的家園都毀了。所以我們覺得，與其在這個時候懲罰你們，不如讓你們在重建家園的過程中將功補過……」

「謝謝大家……」康巴感動得熱淚盈眶，玉木也羞愧萬分地跪倒在地，發誓要用實際行動來彌補自己犯下的錯誤。

看到草原部落間終於化干戈為玉帛，大口吃東西補充體力的布布路他們也露出感動而欣慰的笑容。

這是成為怪物大師的必經之路!!!

尊敬的讀者：現在你跟隨布布路一起踏上了成為怪物大師的道路！向所有的困難發起挑戰吧！

【主角們的命運絲線，你能看到多少】

Q09 引發四不像第一次變身的緣故是甚麼？

A. 吞了雷石
B. 吞了火石
C. 吞了金盾
D. 吞了炎龍之魂

答案在本頁底部，答對得5分，你答對了嗎？

■即時話題■

餃子：沒想到玉木這個人如此糊塗，居然會去解開晨昏之露的封印，找死啊找死！

帝奇：我看他就是傻！

賽琳娜：我最氣的是他居然在擂台上動手腳！小人之舉！

布布路：說起來，尤金在與康巴的對決中一度佔了上風，這是因為他的預知能力嗎？

尤金：在預知夢中我看到了自己的失敗，所以當我走上擂台時，我已心無雜念，心中只剩下要贏的念頭！每當精神百分百集中時，我便可以看見命運絲線。雖然只能看見一兩秒後的畫面，但我預知到了康巴的招數，也就有了應對之法！老實說，我也在作弊，這並不是一場公平的決鬥！在此，我要對康巴你說聲對不起。

康巴：這種時候還說甚麼對不起！要不是我個性急躁，忠奸不分，草原也不會陷入生死危難！是我的錯！

芬妮：好了，好了，現在就不要追究誰對誰錯了。既然已經化解危機，現在就是歡慶的時候！

你對主角的命運絲線瞭解多少？程度深淺，一測便知。
測試答案就在第十六部的 235 頁，不要錯過喲！

答案：D

新世界冒險奇談

第十九站 STEP.19

謊言與真心

MONSTER MASTER 16

繼承人之爭

收到四個預備生的彙報，怪物大師管理協會派人趕到青壩草原，將安第斯押走了。他們會尋找更穩妥的辦法，馴服安第斯，讓它成為造福人類的怪物。

青壩草原的各部落也紛紛投入重建家園的工作中，布布路四人自告奮勇地參與其中。因為尤金受了重傷，所以約翰、芬妮和祖爾法自覺留在尖峰部落幫忙。

芬妮終於敞開心扉，將自己來青壩草原的目的告訴了祖爾法和尤金。

祖爾法感慨地說：「以前我一直認為權力是萬能的，只要成為德西藍的家主，我將無所不能。這次的青壩草原之行讓我深受觸動，讓我明白權力其實是與責任相輔相成的。德西藍家族的家主之位只屬於真正有能力的人，所以，我同意父親大人的決定，家主之位應該讓尤金來繼承！」

尤金卻輕笑着搖頭說：「能認識你們我很高興，很小的時候，我就知道母親不是草原原住民，可母親不願過多提及自己的家世，所以我一直對德西藍家族瞭解不多。但從你們的言語和表現中，我大概猜到了你們的來意。不過，我的回答恐怕要讓你們失望了，我不會跟你們回琉方大陸的，也不會成為德西

藍家族的繼承人。」

「為甚麼?」祖爾法難掩失望地問。

「因為對我來說，青壩草原才是我的故鄉，尖峰部落才是我的家。」尤金眼神堅定地說，「我曾經依賴自己的預知能力，以為這樣就能讓尖峰部落強大起來。當父母在瘟疫中過世後，我又像一隻鴕鳥一樣，把頭埋進土裏逃避現實……直到經歷了這場浩劫，我才深切地領悟到，要想讓自己更強大，首先要從自身開始改變，除了守住自己的小天地，還要關注更大的世界。命運編織者存在的意義並非為了告訴人們明天會發生甚麼，而是要告訴人們明天該做甚麼。我想，讓青壩草原變得更好，這不是一個人、一個部落的事，而是所有草原部落共同的

責任，所有草原部落應該消除隔閡，團結起來，把我們的家園建設得更好……當然，這些話說出來簡單，做起來卻很難，所以，我要完成父母的遺願，留在青壩草原，留在尖峰部落，守護這裏的一切，把這裏變得更好。」

祖爾法聽得感動不已，但還是不甘心地想要說服尤金：「可是尤金，你是我們這一輩中唯一的能力者……」

「尤金心意已決，祖爾法，你不要再勸他了。」芬妮打斷祖爾法，正色道，「我決定了，我要正式回歸德西藍家族，繼承家主之位！」

「跟你有甚麼關係？」祖爾法立刻瞪起眼睛怪叫道，「就算尤金不當家主，還有我這個大哥呢，哪兒輪得到你？你根本就是個劣績斑斑的騙子，讓你當家主，德西藍家族豈不是要淪為騙子家族了？而且你也沒有命運編織者的能力嘛！」

「沒有能力又怎麼樣？羅根舅舅也沒有能力啊，但他紮根於現實，利用觀察和統籌能力來做出精準的判斷。在他的領導下，這些年德西藍家族非但沒有衰落，反而比以前更強盛了！」芬妮毫不退讓地說。

布布路忍不住重複爺爺的名言：「對，當你看到命運絲線的同時，未來就已經在發生改變了。」

「正是如此，所以我現在十分慶幸自己的預知夢沒有實現。」尤金感慨地說，「在夢中，我看到自己被大雪吞沒，孤獨地死去……而現實中，從祖爾法把我拉上馬背的那一刻起，未來就改寫了。所以，祖爾法大哥，我還欠你一聲謝謝。」

「自家人客氣甚麼？」祖爾法滿臉通紅，為掩飾內心的害羞，他扭頭朝芬妮放炮，「不管能不能看見命運的絲線，反正只要是你來當家主，我就不同意！」

「那你就來跟我競爭看看啊！」芬妮不客氣地叫囂，「哈，我倒要看看，你這個養尊處優的大少爺拿甚麼來跟我比！」

「哎呀，你這個臭丫頭片子，竟敢看不起我！」祖爾法拍案叫嚷。

芬妮和祖爾法越吵越兇，在一旁圍觀的布布路他們被噴了滿臉口水，耳根子嗡嗡響，不禁暗暗交換着疑惑的眼神：芬妮不會真的想當德西藍家族的繼承人吧？

悲痛的往事

就在芬妮和祖爾法為了繼承人的事吵得面紅耳赤、不亦樂乎的時候，有人一路小跑過來，畢恭畢敬地說：「尤金酋長，我們發現畜牧區排水系統有點問題，麻煩你去現場督導一下。」

「之前翻修北之黎的鬼市時，我對排水系統做了不少研究。尤金，我替你去，你好好休息。」芬妮說完，還不忘白了祖爾法一眼，那鄙夷的目光分明是說：我懶得再跟你吵了！

芬妮一離開，布布路他們就忍不住議論起來。

「以我對芬妮的瞭解，她嘴裏的話一句都不可信，」餃子摸着下巴，沉吟道，「我看她並不是真心想當德西藍的家主，只是故意氣祖爾法而已。」

「我倒覺得芬妮這次挺認真的。」賽琳娜持不同意見。

「反正他們兩個都不是能力者，想當家主就要公平競爭，看誰的謀略能力更強。」帝奇冷靜地說。

尤金保持沉默，看來是打算明哲保身，不參與這場繼承人之爭。

「約翰，你怎麼看？」布布路好奇地問約翰，「畢竟你跟芬妮在一起好多年了，還是她的義兄，你知道她真正的心意嗎？」

「我不知道，也不想知道。」粗線條的約翰破天荒地給出了個頗具深意的回答，「只要芬妮能走出童年的陰影，當不當家主其實都沒甚麼要緊。」

童年陰影？布布路他們面面相覷。

「其實，芬妮也是在這次草原盛會之後，在我的逼問下才告訴我這段往事的……」在布布路他們和尤金的連番追問下，約翰語氣凝重地說出那段被芬妮深埋在心底的往事：

當年，芬妮和母親羅蘭隱居在深山的華蓮寺裏。

一天，芬妮獨自到山下玩耍，遇到一羣和善的大人，他們給芬妮買了好多糖果和玩具，於是，年幼的芬妮就一五一十地把華蓮寺的位置、僧人的值班時間都告訴了對方。

芬妮萬萬沒想到，這些人都是經過喬裝的壞人，他們根據從芬妮這裏得到的情報，選擇寺中守備最薄弱的時間突襲了華蓮寺……

在山下，芬妮發現寺廟的方向火光衝天，她想要回去救母親，卻在半路上被奄奄一息的寺廟住持爺爺攔住。

住持爺爺騙芬妮，說羅蘭藏到樹林裏了，趁着芬妮往樹林裏跑的時候，他一把將她推進隱祕的捕獵陷阱。後來壞人追了上來，芬妮在陷阱中聽到住持爺爺痛苦的呻吟，隨後是死一般的寂靜……

因為芬妮的實話，羅蘭和那麼多僧人命喪火海，而住持爺爺的謊言卻救了芬妮一命，這讓年幼的芬妮深受打擊。從捕獵坑裏爬出來後，芬妮從一個活潑單純的小女孩，變成了一個慣於隱藏真心、以謊言來武裝自己的人。

當聽尤金回憶起羅曼曾說過的那些話時，芬妮深受觸動，謊言也分善意和惡意，善意的謊言能幫助人，而不假思索的真話有時候反而會釀成大禍。

芬妮暗暗下定決心，她以後也要像華蓮寺的住持爺爺一樣，用善意的謊言去幫助別人，於是她才想到用謊言來拖延時間，給四不像製造機會，擊敗安第斯……而她也終於能夠坦然面對自己的過去，不再日夜承受自責和內疚的折磨了……

聽完芬妮的童年往事，大家終於明白她為甚麼總是滿口謊言了，原來她曾經承受了這麼巨大的悲痛。也許，正是靠着一個又一個謊言，芬妮才能熬過那些充滿自責和內疚的日日夜夜……

心之歸宿

大伙兒對芬妮根深蒂固的騙子形象大為改觀，布布路更是泣不成聲：「嗚嗚，芬妮好可憐，她只是用小孩子的心去信任了這個世界，卻背負了這麼大的痛苦，不過，她現在終於能卸下壓在心中的負罪感了，我真替她高興……」

於是，芬妮解決完排水系統的問題回來後，就發現大伙兒看她的眼神都變了。尤其是布布路，那副淚光閃閃、含情脈脈的樣子着實令芬妮渾身汗毛倒豎。

「你們不要這樣，誰沒經歷過點磨難呢？傷痕這種東西，其實有點兒也是好的，經歷能讓我們成長，不是嗎？哈哈！」芬妮沒心沒肺地笑道，又無奈地瞪了約翰一眼，她怎麼會腦袋一熱把過去的事都告訴這個嘴上沒門兒的傢伙……

「可是芬妮，你和約翰是怎麼成為義兄妹的呢？」餃子有些好奇為何芬妮沒找回老家，反而和約翰一起流落市井。

避開大家期待的目光，芬妮仰頭望天，眼中難得地散去狡黠，充滿深情地回憶起來——

我雖然在華蓮寺的大火中僥幸活下來，但自責讓我幾乎失去了繼續活下去的勇氣……我渾渾噩噩地在街頭流浪，心想就這樣死去也不錯，就在那個時候，我遇到了同樣無家可歸的流浪兒——約翰。

約翰幫我趕走了追着我跑的野狗，還把自己身上唯一的一塊麵包讓給我吃。

當時，我已經完全喪失了對人類的信任，狠狠地丟掉了約翰遞過來的麵包，還對約翰大喊：「你走開，你這個騙子，不要靠近我，我才不會相信你！」

可約翰只是憨厚地撓着後腦勺傻笑，還把麵包撿回來，小心地擦乾淨，又遞到我面前，輕聲細語地說：「我沒有騙你，麵包很好吃的，你吃！」

我只好不情願地咬了一口麵包，緊接着又咬了第二口、第三口……那是我流離失所後的第一餐飽飯……從那之後，約翰就一直跟在我的身邊，悉心照顧我。一開始，我並不相信約翰，時常懷疑他是否另有所圖：約翰給我的食物，我都要他先吃一口驗證沒有摻毒；我偷東西被人抓住，抵死不承認，還賴在約翰身上，害他挨了一頓打……

然而，不管我怎麼對約翰，約翰始終關心我、照顧我。在華蓮寺的大火中，我的後背燒傷了一片，約翰每天清早就爬起來上山採草藥，一日三次地給我敷藥。有好多次，他在山路上摔傷了，被野獸咬傷了，還是一瘸一拐地咬牙堅持，從不間斷。在他的照顧下，我的燒傷痊癒了，沒有留下絲毫傷痕。

漸漸地，我被約翰的真摯感動了，我習慣了有約翰陪在身邊的日子，如果沒有約翰的陪伴，我連覺都睡不踏實了……

一晃就這樣過去了許多年，我和約翰都長大了，也許是德西藍家族強大的基因所致，我越來越聰明。靠着我的小聰明和約翰的力氣，兩個人的日子越過越好了，約翰始終傻乎乎地每天跟在我身後，鞍前馬後地替我收拾爛攤子……

有一天，我一臉嚴肅地問約翰：「約翰，你會不會離開我？」

約翰露出他那標誌性的憨笑，不假思索地回答：「我會一直在你身邊的，就算天塌下來，我也會替你扛着。」

「好，那以後我就叫你哥哥，這樣我們就是親人了，永遠都不分開！」

「好，我們約定！」

「約翰哥哥，我餓了。」

「我給你做好吃的，你想吃甚麼，芬妮妹妹？」……

新世界冒險奇談

第二十站 STEP.20

最合適的繼承人

MONSTER MASTER 16

尤金的忠實夥伴

幾天後，摩爾本十字基地和怪物大師管理協會的增援物資陸續運到青壩草原，在康巴、尤金等和各位部落首領的禮讓下，這些東西都被合理地分配到最需要的地方。

青壩草原的重建工作步入正軌，各個部落間相互幫助，相互學習，氣氛十分融洽，布布路他們和約翰、芬妮也該動身回北之黎了。

臨別時，所有的草原居民都前來為布布路他們送行，浩浩蕩蕩的送行隊伍堪比草原盛會的規模。珍饈佳餚擺滿長長的戶外餐桌，吟遊詩人將布布路他們的勇敢之舉編成詩歌，高聲傳唱，美麗的草原少女為布布路他們獻上青壩草原上至高無上的榮譽 —— 聖潔的白絲帶。

熱烈的氣氛中，尤金神秘兮兮地把大伙兒拉到一邊，小聲說：「我想請你們幫個忙。」

「甚麼忙？」布布路好奇地問。

「我希望你們能為我的能力保密，包括羅根舅舅，也不要提起。」尤金有些不好意思地說，「比起成為一個預知者，我更想當一個靠實力贏得別人尊敬的首領。」

「你放心，我們絕對不會說出去的，不然我這個德西藍新家主也太沒面子了！」沒等布布路他們作答，芬妮就搶着拍胸脯保證，眼中還閃着小混混般貪婪又狡猾的光，喜滋滋地說，「嘿嘿，回到北之黎，我可就要過上有錢有勢的好日子啦！」

這一回，沒人再鄙夷芬妮，就連一貫毒舌的帝奇都保持緘默，因為大家知道，芬妮絕對不會讓「華蓮寺事件」的歷史重演。她一定會用盡一切辦法保護真正的能力者尤金，保護他的

夢想，因為從某種形式上來說，那或許也是身為能力者的羅蘭的生命的延續……

祖爾法強忍着才沒有譏諷芬妮那副小人得志的樣子，他笑着拍拍尤金的肩膀，用兄長般的口吻說：「我們今後要經常聯絡，你有任何困難都可以找我，我一定會幫忙！」

「你們放心，以後如果有壞心眼的人敢打尤金的主意，我會第一個站出來保護他的！」一個粗獷的男聲從眾人身後傳來，大家驚訝地回頭一瞧，竟是祝融部落的首領——康巴。

布布路他們驚喜不已，想不到這個一向最瞧不起尤金的人，現在反倒成了尤金最忠誠的夥伴。身為草原最強部落的首領，康巴是青壩草原上唯一一個知道尤金祕密的人，有了他的保護，尤金的安全就多了一重保障。

布布路他們放心地踏上了返回北之黎的旅程……

德西藍家族的新時代

布布路一行和約翰、芬妮、祖爾法重返北之黎，回到位於碗狀山包里的德西藍府邸。

芬妮簡明扼要地將大伙兒在青壩草原上的見聞和行動彙報了一遍，最後一本正經地總結道：「總之，草原部落間的對立情緒和矛盾現在都化解了。不過尤金只是個普通人，也沒甚麼大志向，只想留在草原安安穩穩地度過一生，不想來德西藍家族。」

聽完芬妮的報告，羅根優雅地頷首道：「不錯，雖然沒能邀請到尤金，不過我對你們的表現還是很滿意的。」

「那麼，您承諾我的獎金也該……」芬妮笑瞇瞇地問，又用胳膊肘碰了一下祖爾法，小聲說，「還有你答應我的……」

祖爾法的臉紅一陣、白一陣，他差點兒忘了，之前在死亡雪線的時候，他還答應要支付給芬妮兩千萬盧克呢。當時他一心牽掛着手下的性命安危，完全沒考慮到以自己那點兒可憐的零用錢，下輩子也付不出兩千萬盧克啊！

「哈哈哈，一家人談錢就見外了。」羅根微笑着對芬妮說，「我讓你來繼承德西藍的家主之位，這個獎勵豈不是比盧克更划算？」

「甚麼？」祖爾法第一個跳起來，「父親大人，您真的打算讓芬妮繼承家主之位嗎？」

布布路他們也十分詫異，雖然大家很認可芬妮的能力，但她畢竟沒受過正統的教育，對於遊走在皇族和巨賈間的德西藍家族來說，芬妮的那一套能吃得開嗎？

「芬妮從小生活在市井中，受了不少苦，但也正因為這樣，她對於平民百姓的疾苦有着更深的體會。」羅根目光平靜，語氣從容地說，「反過來，祖爾法從小跟在我身邊，深諳上流社會的遊戲規則……」

布布路他們越聽越糊塗，芬妮和祖爾法也面面相覷，羅根到底要說甚麼呀？

「我決定，接下來讓芬妮和祖爾法一起來管理德西藍家族的事務。」看着布布路他們困惑的樣子，羅根終於說出了他真正的想法，「祖爾法負責對應皇族和權貴，芬妮負責聆聽底層民眾的心意，兩個人通力協作，我想，德西藍家族會跨入一個新的時代！」

「這個辦法聽起來很不錯啊！」餃子的目光在芬妮和祖爾法之間遊移，若有所思地沉吟，「只不過，他們兩個真的能好好配合嗎……」

從青壩草原返回北之黎的時候，芬妮和祖爾法幾乎吵了一路，如果讓他們倆共同管理德西藍家族，那豈不是會吵得世人皆知？

「當年羅蘭離開德西藍家族的時候，曾經對我說過：『羅根，雖然你很有才幹，但你從小生長在上流社會，對於世界的認識並不夠全面。雖然我相信你能把德西藍家族管理好，但恕我直言，你只能做一名見證時代變遷的人，而無法開創出一個新時代。』當年，我認為姐姐是在否定我的能力，十分不甘，但經過幾十年的家主生涯，我終於理解了姐姐的話。」羅根目光深邃地望着芬妮和祖爾法，「人類之所以能在物種繁多的藍星上生存下來，並繁衍生息，並不是因為人類有多麼強壯和勇敢，而是因為我們懂得運用自己的智慧去通力合作。就如同我們德西藍家族的命運編織者，我們從來都不是政治家的傀儡，也不是仗着自己的能力和權力就為所欲為的人。我們只是漫漫歷史長河中的一道光，在每個人、每個民族乃至每個國家的命運分岔口，為他們照亮方向，用自己的智謀去幫助他們，輔佐他們創造更美好的未來。而我一直想，身為命運編織者，我們不該只是為上流社會的人謀福利，我們的眼光應該更開闊，幫助更多的人。但我一個人的力量太有限了，而且，也應該多培養年輕人，我希望芬妮和祖爾法能繼承我的這個意志，讓德西藍家族在人類的歷史長河中，發出更加絢爛的光芒，照亮更多人的人生路！」

聽到羅根的心聲，芬妮和祖爾法目瞪口呆，布布路他們也一個個心潮澎湃。沒想到像羅根這樣深藏不露的人，其實懷着這樣一顆熾熱的赤子之心，能親耳聽到這些，他們覺得自己真是太榮幸了。

運籌帷幄的人

最終，羅根當眾宣佈芬妮和祖爾法共同成為德西藍家族的繼承人，這件事佔據了琉方大陸各家報紙當日的頭版頭條。

「我宣誓，將以拯救蒼生為己任，引導歷史的車輪向前邁進，為德西藍家族開拓美好的未來！」芬妮和祖爾法共同說出誓詞時，臉上都浮現出與年紀不符的責任感和使命感。

「父親，我不會辜負您的期望，一定會和芬妮一起，帶領德西藍家族跨向一個新的時代！」祖爾法一字一頓地說。

「舅舅，您放心，如果祖爾法跟我耍大少爺的氣派，我不會讓着他的。」芬妮臉上笑瞇瞇的，眼眶卻泛紅了。

「哈哈哈，看到你們這樣，我也就放心了。」羅根欣慰地笑着，「希望你們記住，命運的絲線就像自己的掌紋，雖然彎彎曲曲，卻永遠掌握在自己手中。」

在一旁圍觀的餃子實在忍不住了，小聲對同伴們嘀咕：

「我一直有種感覺，今天的這一切，其實都在羅根的掌握之中……」

「我也這麼覺得，」賽琳娜贊同地說，「包括草原上的爭鬥、尤金的拒絕……這些事就算我是親身經歷，都覺得不可思議，可羅根大叔聽芬妮講述的時候，居然表現得那麼平靜。」

「也許，羅根原本的目的就是幫尤金覺醒，也給芬妮和祖爾法製造一個更深刻認識彼此的機會吧。」帝奇淡淡地說。

「哇，原來羅根大叔早就洞悉了一切啊！」布布路驚奇不已，「真了不起啊，簡直就像真的能看見命運絲線的人似的！芬妮跟着這麼厲害的人一定也會變得很厲害！」

「芬妮，看到你現在這樣，我真是太高興了，」約翰湊到芬妮身邊，憨厚地笑着說，「不過我現在要跟你道別，回鬼市去了。」

約翰要離開芬妮了嗎？布布路他們十分不解。

「你多保重，」芬妮笑着拉住約翰的手說，「不要忘記我們的約定。」

「我會的，」約翰鄭重地點點頭，「忙活完鬼市的修繕工作，我一定會回到你身邊的。我答應過你，永遠不會離開你，我親愛的妹妹。」

原來約翰只是暫別芬妮，因為他們向鬼市的居民承諾過，要讓他們過上更好的日子。不過，芬妮和祖爾法一接手德西藍家族，羅根就以雷霆之勢將鋪天蓋地的工作轉交給他們，別說去鬼市了，他們倆連吃飯睡覺的時間都快沒有了，所以，幫助鬼市的重任，只能約翰一個人去完成了。

尾聲

和約翰、芬妮、祖爾法道別後，吊車尾小隊的四個人又回到摩爾本十字基地，繼續忍受着梅雨季節的潮濕和無聊。

一天，天還沒亮，預備生宿舍裏傳來一聲驚喜交加的呼喊：「大姐頭，餃子，帝奇，你們快來看啊——來看啊——看啊——」

三個同伴睡眼惺忪地聚到布布路的房間，只見布布路揮舞着手裏的一個信封，興高采烈地說：「芬妮來信了！」

大家激動地拆開信封，閱讀起來：

親愛的布布路、賽琳娜、餃子和帝奇：

你們好。

自從在德西藍家族府邸一別，不知不覺已經過了好多天，我和約翰、祖爾法十分想念你們。

不過我寫這封信不是為了表達我的思念，而是要禮貌地提醒你們一件事：你們在北之黎郊外的公路上損毀了三輛蚍蜉大奔，維修費合計三百萬盧克。我本來想用布布路的金盾做抵押，沒想到被四不像給吞了，現在羅根家主不依不饒地讓我賠償……

你們是瞭解我的，我一向行俠仗義，把賺來的錢都用來翻修鬼市了，雖然三百萬對於我來說只是一個小數目，但現在我和約翰手頭比較緊，暫時無力承擔，嗚嗚……

餃子貴為塔拉斯的王子，帝奇身為雷頓家族的繼承人，聽說賽琳娜的父親也很有錢？至於布布路……總之，三百萬盧克理應由你們償還！

當然，鬼市的翻修工作如火如荼，正是需要勞動力的時候，如果你們願意用體力來抵償，身為首席掌眼的我也是十分歡迎的……

就這樣，布布路四人又莫名背上了一身的債，漫長的梅雨季頓時不再無聊了，因為他們每天都要到鬼市去幹活兒償債！

不過，在鬼市工作期間，布布路他們也發現了一些有趣的事。比如，鬼市的背後似乎存在一股神祕的力量，但要探明究竟，那就是另外一個故事了……

【第十六部完】

這是成為怪物大師的必經之路!!!

Monster Master
LOVE & DREAMS

尊敬的讀者：現在你跟隨布布路一起踏上了成為怪物大師的道路！向所有的困難發起挑戰吧！

【主角們的命運絲線，你能看到多少】

Q10 為甚麼布布路會被通緝？

A. 布布路是克勞德·布諾·里維奇的兒子
B. 布布路的怪物四不像火燒了蘭特港
C. 布布路是骨槍團的神祕老大
D. 布布路袒護被稱為「破星之子」的貝兒

答案在本頁底部，答對得 5 分，你答對了嗎？

■即時話題■

餃子： 糟糕，光顧着討回布布路的金盾，忘記金貝克導師的大包袱還在芬妮手裏呢！
帝奇： 好了，你可以放棄討祕笈，加學分，勝過精英隊，走上人生巔峰的白日夢了！
餃子： 哼，我是不會放棄的，我這就殺回鬼市去找芬妮！
賽琳娜： 不用去了，人家留了一張單子給金貝克導師，上面羅列了大包袱裏的所有物品，她表示會代為銷售，並收取百分之十的佣金。
布布路： 嘿，紅葡萄雞尾酒三瓶、特級甘甜陳皮果一斤、八味肉丸一克……嘖嘖嘖，聽上去就很好吃啊！怪不得那個時候四不像會流着口水追出去！
金貝克： 就知道吃吃吃！記得替我去回話，佣金可以給芬妮，所有銷售所得都用來翻修鬼市即可，好歹那兒也是我的出生地！
餃子： 天哪，金貝克導師您真是正義的怪物大師，我對您刮目相看！
金貝克： 哦，那這麼說，你之前很看不上我嘍？

你對主角的命運絲線瞭解多少？程度深淺，一測便知。
測試答案就在第十六部的 235 頁，不要錯過喲！

答案：C

【主角們的命運絲線，你能看到多少】

【測試結果】

40 分以上 優秀的命運編織者

你是足以看透命運絲線之人，在漫漫歲月中，你無時無刻不在關注主角們的命運走向，你瞭解他們的出生背景、他們所背負的沉重宿命以及他們引頸期盼的未來。你一直守護在命運絲線的另一頭，等待着主角們一路走來，你知道這個過程是何等艱辛困苦，但你始終相信主角們會帶來一片光明和希望！

30—40 分 合格編織者預備役

你對主角們的命運絲線有一定程度的瞭解，卻並非事無巨細，樣樣清楚，但這無損於你對主角們心懷的愛護之情。你在慢慢地摸索、熟悉這一條條的命運絲線，這需要一些時間，當你能夠完全看透主角們的過去、現在與未來，你就會從合格的命運編織者轉為優秀的命運編織者。

30 分以下 命運編織者預備役

你可能才剛剛開始接觸主角們的命運絲線，因此對他們並不太瞭解。可這沒有關係，只要你有興趣繼續深入挖掘和探索，你會摸到主角們的命運絲線的線頭，然後你就能一步一步地走入主角們的內心世界，瞭解他們的一切！

MONSTER MASTER ✤LOVE & DREAMS✤

這是成為怪物大師的必經之路!!!

尊敬的讀者：現在你跟隨布布路一起踏上了成為怪物大師的道路！向所有的困難發起挑戰吧！

【消失的神鑄大陸】

被稱為神所鑄造的大陸，
如今只剩下粉末般的殘骸……

第十七部《泯滅的靈魂碎片》

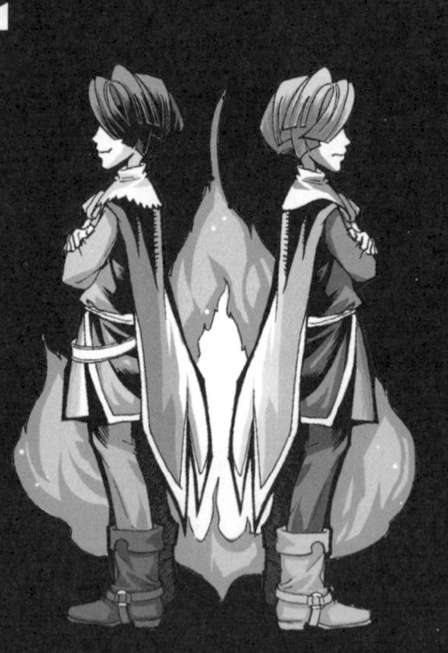

為了追蹤白鷺，黑鷺和吊車尾小隊找到了藍星有名的情報商——紅帽子，並接受他們的賭局。

贏得賭局能獲得情報，而輸掉……將會丟掉身體的一部分！

下部預告

布布路一行在紅帽子的指引下前往第五海域的幽靈島，填海的鳥、會眨眼的魚、詭異的珊瑚……沉浮的島嶼中遍佈疑團。

巨石洞穴中出現了一個熟悉的身影 —— 來自食尾蛇四天王之一的巨人索加。

當小鳥化為大鵬，當巖石流出鮮血，真相呼之欲出。

混沌的世界中，沒有法則，沒有憐憫，唯有自我崛起。

巨人索加的真身究竟隱藏在何處？他石化的心中，是否仍存有一塊閃光的靈魂碎片？

人類、侏儒、巨人的三族矛盾，跨越古今，持續發酵！

凶險重重，吊車尾小隊勇往直前，揭開巨人族的消失之謎！

BUBURO.BURO.LIVAGE

布布路·布諾·里維奇

古老的遺跡下究竟隱藏着怎樣的秘密？

雙子導師靈魂互換？

「怪物對戰牌」暗戰版使用說明書

基本資訊：單冊附贈 8 張卡牌。為 1 — 15 部怪物對戰卡牌集的擴充包。
遊戲人數：2 人以上　遊戲時間：5 — 20 分鐘

GAME START 成為『怪物大師』就要憑實力！
來場精彩的雙人對戰吧！洗牌開始！

——「怪物對戰牌」暗戰版規則——

【基礎牌組列表】

1. 人物牌：3 張
2. 怪物牌：2 張
3. 基本牌：2 張
4. 特殊物件牌：1 張

附件：單冊附贈 8 張卡牌

【遊戲目的】

遊戲開始前，玩家需將自己的人物牌暗置，遊戲進行當中，當一名角色明置人物牌確定勢力時，該勢力的角色超過了總遊戲人數的一半，則視他為「黑暗潛行者」，若之後仍然有該勢力的角色明置武將牌，均視為「黑暗潛行者」。「黑暗潛行者」為單獨的一種勢力，與怪物大師管理協會和食尾蛇組織的兩大勢力均不同。他(們)需要殺死另外兩大勢力，才能成為勝利者。

當以下任意一種情況發生，遊戲立即結束：

兩大勢力鬥爭時，一方勢力死亡，則另一方獲勝。出現第三方勢力之後，則需另外兩方勢力全部死亡，剩下的第三方才算獲勝。

【遊戲規則】

1. 將人物牌洗混，玩家抽取一張人物牌，並將人物牌背面朝上放置（即暗置）。處於暗置狀態下的人物牌均視為 4 點血量值，其組合技能和個人鎖定技均不能發動，明置之後，才可發動，血量存儲也恢復到牌面顯示的值，已扣掉的血量不可恢復。

2. 將怪物牌洗混，玩家抽取一張怪物牌，確定自己所擁有的怪物。
將怪物牌置於暗置的人物牌的上面，露出當前的血量值。（扣減血量時，將怪物牌右移擋住被扣減的血量值。）

3. 將基本牌、元素晶石牌、特殊物件牌等洗混，作為牌堆放到桌上，玩家各摸 4 張牌作為起始手牌。

4. 遊戲進行，由年齡最小的玩家作為起始玩家，按逆時針方向以回合的方式進行。暗置的人物牌只有兩個時機可以選擇明置：
◆回合開始時。
◆瀕臨死亡時。

5. 確定先出牌的玩家從牌堆頂摸 2 張牌，使用 0 到任意張牌，加強自己的怪物或者攻擊他人的怪物。但必須遵守以下兩條規則：
◆ 每個出牌階段僅限使用一次【攻擊】。
◆任何一個玩家面前的特殊物件區裏只能放一張特殊物件牌。
每使用 1 張牌，即執行該牌上的屬性提示，詳見牌上的說明。遊戲牌使用過後均需放入棄牌堆。

6. 在出牌階段，不想出或沒法出牌時，就進入棄牌階段。此時檢查玩家的手牌數是否超過當前的人物血量值（手牌上限等於當前的人物血量值），超過的手牌數需要放入棄牌堆。

「怪物對戰牌」暗戰版使用說明書

Monster Warcraft

基本資訊：單冊附贈 8 張卡牌。為 1 — 15 部怪物對戰卡牌集的擴充包。
遊戲人數：2 人以上　遊戲時間：5 — 20 分鐘

——「怪物對戰牌」暗戰版規則 ——

7. 回合結束，下一位玩家摸牌繼續進行遊戲。
8. 判定的解釋：摸牌階段時，對要進行判定的牌需要進行判定，翻開牌堆上的第一張牌，由這張牌的顏色來決定判定牌是否生效。
9. 怪物牌翻面的解釋：在輪到玩家的回合開始前，若是你的怪物牌處於背面朝上放置的狀態，請把它翻回正面，然後你必須跳過此回合。
10. 若遊戲未分出勝負，但牌堆的牌已經摸完，則重新將棄牌堆的牌洗混後，作為牌堆繼續使用。當所有場景牌用完之後，需要重新洗一遍場景牌，建立新的場景牌堆。

【怪物卡牌一覽表】

怪物名稱	卡版	屬性等級	獲得方式
四不像	普通卡	D 級	隨書附贈
水精靈	普通卡	D 級	隨書附贈
藤條妖妖	普通卡	D 級	隨書附贈
巴巴里金獅	普通卡	C 級	隨書附贈
金剛狼	普通卡	B 級	隨書附贈
一尾狐蝠	普通卡	B 級	隨書附贈
魔靈獸	普通卡	A 級	隨書附贈
泰坦巨人	普通卡	S 級	隨書附贈
泰坦巨人（覺醒版）	閃鑽卡	S 級	限量兌換
巴巴里金獅（家族守護版）	閃鑽卡	A 級	限量兌換
蒼赤虎（影子版）	普通卡	C 級	隨書附贈
花芽獸（影子版）	普通卡	C 級	隨書附贈
龍膽（影子版）	普通卡	B 級	隨書附贈
露姬兔（影子版）	普通卡	D 級	隨書附贈
大聖王	普通卡	B 級	隨書附贈
九尾狐	普通卡	D 級	隨書附贈
騎士甲蟲	普通卡	D 級	隨書附贈
惡魔酷丁	普通卡	D 級	隨書附贈
塞隆鼠	普通卡	B 級	隨書附贈
帝王鴉	普通卡	A 級	隨書附贈
帕米魯格	普通卡	A 級	隨書附贈
般若鬼王	普通卡	A 級	隨書附贈
大聖王（十影王版）	閃鑽卡	S 級	限量兌換
風隱	閃鑽卡	A 級	限量兌換
水精靈（升級版）	普通卡	C 級	隨書附贈
大紅武章	普通卡	B 級	隨書附贈
克林姆林	普通卡	A 級	隨書附贈
鎖鏈魔神	普通卡	A 級	隨書附贈
藤條妖妖（升級版）	普通卡	B 級	隨書附贈

怪物名稱	卡版	屬性等級	獲得方式
地獄巨犬	普通卡	C 級	隨書附贈
幻影魁偶	普通卡	A 級	隨書附贈
饕餮	普通卡	? 級	隨書附贈
幻影冥狐	普通卡	A 級	隨書附贈
庫嚕嚕	普通卡	B 級	隨書附贈
梅菲斯特	普通卡	B 級	隨書附贈
金牛座	普通卡	A 級	隨書附贈
書翁	普通卡	S 級	隨書附贈
丁丁	普通卡	C 級	隨書附贈
百絨融融	普通卡	C 級	隨書附贈
安第斯	普通卡	C 級	隨書附贈
金牛座普	普通卡	A 級	隨書附贈

GAME START 成為『怪物大師』就要憑實力！
來場精彩的多人對戰吧！洗牌開始！

編輯部特別獻禮『怪物大師』中鮮為人知的小番外小趣味！爆笑登場！

「怪物大師」四格漫畫小劇場

Comic Theater

餃子的腦殘粉

Comic：李仲宇／Story：黃怡崢

「怪物大師」四格漫畫小劇場

Comic Theater

Comic：李仲宇／Story：黃怡崢

編輯部特別獻禮『怪物大師』中鮮為人知的小番外小趣味！
爆笑登場！

CREATED BY LEON IMAGE
monster master
怪物大师 人设 1.0
京剧脸谱
佛耳
石棺材造型

Staff
製作團隊

宋巍巍 Vivison 【總策劃】

■ 執行
趙 婷 Mimic

■ 文字
黃怡崢 Miya
谷明月 Mavis

■ 插圖
孫 東 Sun
李仲宇 LLEe
周 婧 Qiaqia

■ 色彩
蔣斯珈 Seega
李仲宇 LLEe

■ 灰度
李禎稜 Kuraki
葉偲遜 Yesty

■ 設計
丁 果 Vin

CREATED BY LEON IMAGE

Love & Dreams
MONSTER MASTER

[雷歐幻像] 作品
LEON IMAGE WORKS

□ 責任編輯：劉綽婷
□ 裝幀設計：高　林
□ 排　　版：時　潔
□ 印　　務：劉漢舉

怪物大師

——命運編織者的謊言

□
著者
雷歐幻像

□
出版
中華教育
香港北角英皇道 499 號北角工業大廈一樓 B
電話：(852) 2137 2338　傳真：(852) 2713 8202
電子郵件：info@chunghwabook.com.hk
網址：http://www.chunghwabook.com.hk

□
發行
香港聯合書刊物流有限公司
香港新界大埔汀麗路 36 號
中華商務印刷大廈 3 字樓
電話：(852) 2150 2100　傳真：(852) 2407 3062
電子郵件：info@suplogistics.com.hk

□
印刷
美雅印刷製本有限公司
香港觀塘榮業街 6 號 海濱工業大廈 4 樓 A 室

□
版次
2018 年 4 月第 1 版第 1 次印刷
2019 年 1 月第 1 版第 2 次印刷

□
規格
32 開（210 mm × 140 mm）

□
書號
ISBN：978-988-8512-08-9

本書經由接力出版社獨家授權繁體字版
在香港和澳門地區出版發行